麦の日記帖

震災のあとさき　2010▼2018

佐伯一麦

目次

2010

2011

2012

2013

1

二つの再会

某月某日

朝早く東北新幹線の下りに乗って一ノ関まで行き、東北本線に乗り換えて平泉へ。

実は、昨日から私の俳句の師匠のＩ氏が二年ぶりにやって来ており（前回は東京から自転車に乗って奥の細道をたどってきたが、七十二歳になった今回はさすがに電車でやって来た）、昨日は「多賀城跡」をはじめ、「壷の碑」「末の松山跡」「沖の石」など、多賀城の芭蕉ゆかりの地での吟行をともにした。住宅地に残されている「沖の石」で、岩にとまった紋付き鳥ことジョウビタキが、ぴょこんとお辞儀をして尾をふるわせる仕草を盛んにしているのをみて、すかさずＩ氏が、〈鶲《ひたき》鳴く磊磊《らいらい》として沖の石〉と口にする。

そして今日は、平泉へと足を延ばしたという次第。いまにも霙でも落ちてきそうな曇天の下、底冷えがする。一日フリー乗車券を買って、平泉駅前から巡回バス『るんるん』に乗り込み、まず毛越寺まで。〈夏草や　兵どもが　夢の跡〉の芭蕉直筆の句碑がある大泉が池の畔で落ち葉を掃いている竹箒の音を聞きながら、Ｉ氏が句想を得たのか、いつも持参している俳句手帳に何やら書き込む。

中尊寺を経て、北上川に面した丘陵の高館へ。三代秀衡の庇護を受け、ここの居館に住まいしていた義経が、頼朝の圧迫に耐えかねた泰衡の急襲にあって、自刃したと伝えられている場所である。ゆるやかな坂道を登り切ると、眼下に滔々と北上川が流れ、遠く東稲山の連山が望める。

それを一望したとたんに、既視感に襲われて、「ああ、ここは」と心の中で声を発した。
冬枯れているが、それは、これまで何度か夢の中にあらわれてきた懐かしい光景で、夢の中だけで見知っているとばかり思ってきた光景だった。しばらく立ち尽くしているうちに、小学校の三、四年生の頃の遠足で訪れて、斜面の草むらに座った記憶が突然蘇ってきた。隣に座って、義経の最後や弁慶の立ち往生のことなどを話してくれた歴史好きだった級友の姿もにわかに思い出された。

某月某日

師走の声を聞いて半月ほど経った夕刻、神楽坂の毘沙門天の向かいの閑静な路地を入った小割烹で、小さな宴を持つ。

河北新報に四年ほど連載した「小さな本棚」という読書エッセイが、縁あって、日経新聞出版社から単行本として出していただけることになった。今日は、『からっぽを充たす　——小さな本棚』と改題したその本の装画を担当してくださった柄澤齊氏と、装幀を担当してくださった中島かほるさん、編集者の苅山泰幸氏とのささやかな打ち上げである。柄澤氏とは日経新聞に連載した「鉄塔家族」の挿絵を担当してもらって以来の付き合いだが、ほんの二日前に仙台の光のページェントを見て来たばかりだという中島さんとは、初対面である。だが、辻邦生や加藤周一をはじめとした、装幀を手がけてこられた本を通して、勝手に旧知の人のような親しみを抱かされた。

一昔前の文芸書の佇まいを出したかったという苅山さんの要望に合わせて、雲母を用いたキラ引きという紙を表紙に使って、とても味わいのある本の姿にしてくださったことに感謝を述べながら、昔気質の親方の海老しんじょなどの料理に、ほどよい燗の酒が進む。師走の合間を縫ってきたので、名残を惜しみつつ、一足早く最終の新幹線の乗客となる。

某月某日
暮れもすっかり押し詰まった午後、ノルウェー人一家四人が、集合住宅の我が家の戸口に立った。

十二年前に妻が一年間、招待留学生としてオスロの美術大学で学んでいたときのクラスメイトであるメリエッタと、その元夫（八年前に離婚したという）であるグナール、二人の間の息子であるオーラと娘のシーリである。オーラは現在、東京の大学に短期留学中で、音響工学を学んでいる。そこで一家は、クリスマスホリディを揃って日本で過ごすことにして、私たちの住む東北地方へも足を延ばしたという訳である。

一行は、旅の全荷物を各自がガーラガーラと引き摺っていた。仙台駅からはタクシーではなく路線バスで来た、と事も無げに言う。昨年の夏に、オーラが我が家に数日間滞在していったので、道順は覚えていたようだが、大きな布製のスーツケースをいくつも車内に持ち込むのだけでも大変だろうし、通路をすっかり塞いでほかの乗客たちの迷惑になっていなかったならいいのだが……。ともあれ、さすがはノルウェー人、という溜息が洩れた。

十一年ぶりの再会となったが、メリエッタは変わらず細身の長身で、ピンクのスカートに、黒いチュニック姿。現在は、パキスタンやアフリカ、トルコなどからの難民の女性たちに、手工芸を教えているという。一方、元夫のグナールは、すっきりした紳士然としていた覚えがあったが、栗色の長髪を後ろで結び、顔中に髭もたくわえて、まさしく〝ヴァイキングの末裔〟に変貌。前に会ったときには、まだ小学生で白いタイツ姿が妖精のようだったシーリは、十九歳になり、フォトグラファーを目指して専門学校で学んでおり、日本では中古の中判カメラを手に入れたい、と希望を話した。

妻のアトリエを見た後、皆で秋保へと向かう。私たちがオスロで暮らし始めた当初に、メリエッタからは、布団や照明、重い鉄鍋などの家財道具一式を借りたので、せめてものお礼がしたい。東京では狭いホテル住まいなので、広い畳に布団を敷く旅館部屋を喜ぶ。

さっそく男同士、温泉につかりながら話したグナールは、現在はノルウェーの公衆衛生研究所の主任研究員で遺伝子研究に携わっているが、ハードワークが続いていて、睡眠時間もずっと三時間ほどしか取れなかったから、この休暇はともかく眠りたい、とこぼした。どうやらワーカホリックを強いられているのは、日本人だけではないらしい。

某月某日

喪中の正月を迎えるが、焼きハゼのダシでとる仙台雑煮というものを一度食べてみたかった、と妻が言うので、十四五千円の値がついていた藁に刺さった焼きハゼを、半分の五匹にしてもらい、買い求めてみることにした。芋茎とイクラ、芹も買う。私は、子供時分に食べた記憶はあるが、味は覚えていない。

作り方を調べると、ハゼは一晩水につけておいてから煮出す、という方法と、水から十分から二十分煮出す、というやり方との二つがあり、両方試してみることにする。大根と人参とゴボウを千切りにして一度凍らせてから使う〝ひき菜〟も、大晦日の晩に準備した。調味料は、塩と醤油と酒のみ。

元日の朝。果たして味は？　川魚のような独特の魚の香りがたち、大名が食べていたのはこんな味だったのかと思うような、意外とあっさりとした淡泊な出汁の風味であった。

（二〇一〇年二月）

2

悲喜こもごもの春

某月某日

急遽、連れ合いの仕事の手伝いで、パリで開かれているクラフトの見本市を視察することになり、パリへと赴く。今年のヨーロッパは厳冬ということで、アムステルダムでの乗り換え機の出発も大雪で遅れ、成田を発ってから十六時間ほどかかってようやくシャルル・ド・ゴール空港へ到着する。トランジットで短時間滞在したことはあるが、パリに宿泊するのは初めてである。凱旋門の近くのホテルにチェックインし、旅装も解かずに早々に寝に就く。

某月某日

昨日は、プルミエールクラッセの会場へバスで出かけた。東京ビッグサイトほどの規模の展示場に陳列された靴、バッグ、アクセサリー、マフラー……などを見ていくと、昨秋、連れ合いが参加したロンドンのクラフトフェアでシルクのスカーフを出していたイギリス人が出展しているのに再会した。

今日は、モンパルナス駅を朝八時過ぎ発のＴＧＶでレンヌまで赴き、連れ合いの作品を置いている『トピカピ』というギャラリーを訪ねる。ＴＧＶは揺れや振動が少なく、ゆったりとした車内で快適な旅のひとときを過ごす。パリ市街を抜けるとすぐに牧草地や農地が広がり、フランスが有数の農業国であることが実感される。林のところどころに、大きな鳥の巣のような寄生木が目に付く。

西洋では、寄生木はクリスマスの飾りに珍重され、その枝の下では女性にキスすることが許される習慣があった。現在でもイギリスやフランスでは、クリスマスには市場でヤドリギの枝を買って帰り、室内の飾りとする習慣が残っている。冬になって宿主である落葉樹が葉を落としているのに反し、宿生している寄生木だけは青々とした葉をもち続けているので再生したかのようにみえるために神聖視されるようになった、という。

二時間ほどで、ブルターニュ地域圏の首府であるレンヌに到着。さっそくタクシーを拾って、ギャラリーの住所を告げる。出迎えてくれた女主人に、仙台から来たというと、「仙台市とレンヌ市は姉妹都市よね」と歓迎される。

某月某日
パリ滞在も後一日を残すのみとなった。厚手のコートに身を包んでいても、石畳の底から冷気が立ち上ってくるかのような寒さに身がかじかむ。結局、観光をする余裕には恵まれなかったが、コーマルタン界隈だけは何としても歩いてみたい。
コーマルタンは、マドレーヌ寺院とオペラ座のほぼ中間にある、シャンソンで名高いオランピア劇場の角から始まり北へ、サン＝ラザール通りに達する通りである。二十歳の頃に、中年の日本の大学教師がパリのアパートの一室に住み、日頃出会う人達をペーソスあふれる筆致で描いた『コーマルタン界隈』（山田稔著）を読んで以来、コーマルタンは私にとって特別の場所となった。オスロに一年間滞在していたときにも、『コーマルタン界隈』をひもといては、異国を舞台としたこんなしゃれた小説が書けたら、と夢想した。

本の記述を参考に探し歩くと、やがて、「コーマルタン通り」と記された電飾が取り付けられている路地の入口に辿り着くことができた。セックス・ショップや女性が立っているのも含めて、いまでも佇まいは、本にあるとおり。〈カフェ コーマルタン〉と古びた看板が出ている店に入り、女主人と常連客に、「小説好きなある種の日本人にとって、この界隈は特別な場所なんだ」と英語で話すと、理解してもらえたのかどうか、赤のハウス・ワインで乾杯が起こった。

某月某日

宮城県美術館で、クロストークと銘打った鼎談を仙台文学館の赤間亜生学芸員、宮城県美術館副館長の有川幾夫氏とともに行う。ミュージアム間で連携して、共通のテーマを違った視点で話し合うのが目的だという。今回は、小説家でもあり、美術評論家、コレクターでもあった「洲之内徹をめぐって」。ここに洲之内コレクションがあることは、私が仙台に住んでいてよかったことの五指の中に確実に入る、と常々思っている。

前日の雪の影響が心配されたが、文学館で行っている読書会での馴染みの顔も多く見られた会場は、思ったよりも盛況で、話も弾み、仙台ホテルに飾ってあった吉岡憲の『笛吹き』と題された絵の行方などについて観客とも熱心な質疑応答もなされて、壇上のこちらもなかなか充実した時を過ごした。

某月某日

早春のこの時季、木山捷平短編小説賞の授賞式に出席するために恒例となった岡山県笠岡への旅の足取りを、今年は安芸の宮島（厳島）まで延ばすことにした。船着き場に近い宿の一人客用のロフト部屋に泊まってみることにする。一階は、三畳ほどの広さにリクライニングチェアとテレビが置かれたカウンターテーブルがあり、ロフトへの急な階段を上るとベッドがあるという寸法。狭いが、どこか隠れ家風の趣があって悪くはない。同じ階に大浴場があり、瀬戸内海に映る夕日を眺めながら、ゆったりと湯につかる。床は何と畳である。防水性になっているのだろうが、湯を流すのはいささかためらわれる。

夕食は、鯛や鰆などの瀬戸内の魚とともに甘口の日本酒を酌む。ふだんは辛口の酒を好むが、この土地に来ると、かすかな甘みが感じられる白身の魚に合った甘口の地酒が飲みたくなる。

某月某日

朝、宿で朝刊を広げていると、仙台在住の中国人の友人である田原さんが、詩の芥川賞とも称されるH氏賞を中国人として初めて受賞した記事が目に飛び込んでくる。「ティエン・ユアン」と読むのが本名だが、ふだんは日本語読みで「でんげん」さん、と呼んでいる。さっそく、ＰＨＳからお祝いのメールを送ると、すぐに中国に滞在中だという田原さんから喜びにあふれた返信が届いた。

朝食を済ませて部屋に戻ると、連れ合いからメールがあり、今度は、私が二十六年前に海燕新人文学賞をいただいたときの編集長だった寺田博氏が直腸癌で亡くなったことを知らされる。ちょうど昨夜、この地で寺田氏が行ったインタヴューに答える形で、河上徹太郎が文学的生涯を振り返った『厳島閑談』のことに思いを向かわせていた矢先のことで愕然とさせられる。
私が、数ある文芸誌の中から「海燕」を選んで応募したのは、半ばは、和田芳恵『暗い流れ』、中上健次『枯木灘』、古井由吉『槿《あさがお》』など、熟読して影響を受けた小説の数々を担当した寺田氏に読んでもらいたい、という思いからだった。悲喜こもごもの春。

(二〇一〇年四月)

3 竹の子マンション

某月某日

このところ「ホーホケペチャ」という鶯の囀りで目が覚める。

冬の間は、ときおり近くの藪のほうから「チャッチャッ」と笹鳴きが聞こえていた。それが、二月の末の暖かい日に、「ホー……、ホー……」と啼きはじめて、もうひと声、ホケキョ、と続くのを待っているうちに寒波が到来して、鶯の啼き音自体が聞こえなくなってしまった。三月も半ばを過ぎて、ようやく再び啼き出したが、今度は「ケキョケキョ」としか啼かない。

それがようやく、「ホーホケペチャ」と囀るようになった。例年なら、仙台弁風に訛っているかのように鶯が啼くのは、すっかり啼き慣れた若葉の頃になってからだが、今年の鶯は、最初から年増（?）のたたずまいをしている。いや、ホーホケキョと囀るのはオスだけだというから、中年男というべきか。

某月某日

『新潮』の締め切りを終わらせ、この数日は『en-taxi』の連作短篇の構想を練っている。

今度のテーマは、嗅覚障害。正月明けに、十年間もの間ニオイの感覚をうしなっていた、という知人の女性から詳しく話を聞いた。たんなる鼻風邪をひいたと思ったのが、ニオイがしなくなったきっかけだったという。私自身も、花粉症の時期には鼻が詰まって、一時的にだがニオイがあまりしなくなってしまうことがある。そんな体験から、鼻をつまんだままで食事をしてみたり、家の中でも一日中マスクをしてみたりと、ニオイがない世界をあれこれと想像してみたが、「スパゲッティの麺がパサパサしているように感じられて食べられなくなった。納豆も。ごはんもしらーっとしていた。それから、人工的な香料が付いているカップラーメンやコーラはうんざりするほどまずくてびっくりさせられた。ビールにもがっかり。少しはわかるだろうと一口飲んだら、ただの苦い炭酸飲料という感じ」という体験者のリアリティには敵わない。

そろそろタイトルだけでも決めてもらわないと、という編集長自らの催促に、「香魚」とすることに決めた、と返事する。十年以上も前、行きつけだった居酒屋で、釣師が釣ってきたばかりの鮎の相伴に預かることがあった。笊に揚げられた鮎を嗅がせてもらうと、灰緑色の魚体からは、たしかに香魚ともいうだけあって、スイカかキュウリのような清々しい香りがただよったものだった。

正直な所、まだ話の筋は見えず、見切り発車もよいところだが、ニオイが戻ったところで嗅ぐ香魚のシーンに辿り着くことが出来るや否や。

某月某日

「香魚」を何とか終わらせて、昨日は息抜きに一泊で鎌先温泉へ。三月に亡くなった恩人の編集者の寺田博氏が、鎌先温泉に旅行したときの話をしてくれたことがあったので、その姿を偲ぶ思いもあった。

白石城で五分咲きほどの桜を眺めて、仙台よりも一足先に花見の気分を味わい、温泉につかった後、湯治客用の建物だったという、なかなか趣のある古い本館をリニューアルした個室料亭で夕食を摂った。連れ合いとそれぞれ鯛と豚とを別々に選んだしゃぶしゃぶなど、出汁をいかした薄味の味付けがうまかった。酒は地酒を、ということで〈蔵王〉を所望。もう一度湯に入って、バーで寝酒にとドライマティーニを二杯啜って部屋に戻ると、バタンキュー。朝まで熟睡した目覚め際には、オオルリらしい鳥の声がしていた。……

さて。仙台駅で電車を降りたところで、声が洩れた。今日は仕事を休もうか。そうと思うと、半日《はんじつ》の閑《かん》に恵まれた心地となった。数日前に新聞の映画評で取り上げられていた『第9地区』を観ようか、と思い立って地下鉄で長町南駅まで行き、ザ・モール長町へ。

宇宙船が故障してしまったため、大量の宇宙人が南アフリカのヨハネスブルクの隔離地区である第9地区で難民として地球人と共存していた。そこは、人間とその外見からエビと呼ばれる宇宙人との争いが絶えないため、MNUと呼ばれる超国家機関によって管理・監視されている。MNUの社員であるヴィカスは、エビたちを彼ら専用の居住区域である第10地区に移住させようとするが……。

途中までは、いささかグロテスクすぎて、映画の選択に失敗したかと思わされたが、途中からぐんぐんと映画に引き込まれていき、自分の保身しか考えなかったヴィカスがMNUと戦いを挑む姿や、彼らなりの論理で友情を貫こうとするエイリアンの親子に感情移入していった。南アのアパルトヘイト政策をはじめ、人間社会の差別や虐待などを寓話化していると思われるが、それがあからさまではないのがいいと感じた。

某月某日

新宿のホテルで開かれた「風花三十周年を祝う会」のパーティに出席する。東京の新宿五丁目にある「風花」は、文壇バーの孤塁と伝統を守る酒場で、経営者の滝澤森・紀久子夫妻には、私も上京するたびにお世話になっている。古井由吉氏がホストをつとめていて、私も一度参加した朗読会の会場でもある。

現代美術家で東京都知事選への出馬でも知られる秋山祐徳太子氏と、作家の重松清氏との司会で進行された盛況な会では、島田雅彦氏のオペラ独唱と奥泉光氏のフルート演奏も披露され、小生も柄谷行人氏、高橋源一郎氏、山田詠美氏などと共にスピーチをさせられた。

「風花」で酒を飲んでいると、中上健次や後藤明生といった先輩作家をはじめ、三月に亡くなった編集者の寺田博氏などと顔を合わせることになり、そこでからまれ、揉まれる新人作家は、さしずめ台風か暴風雨に遭ったような心地となったものだった。だがそれは、今の自分にとって恵みの雨となっていることに気付かされる。せいぜい私も、これからも機会があれば店を訪れて、天気雨ほどでも文学に恵みの雨を降らせることが出来れば、という話をする。

某月某日

夕方、隣の仙台放送跡地にこの春建った特別養護老人ホームからと、マンションの共同玄関に、どっさり山盛りの竹の子が届く。崖地の樹木の伐採のついでに収穫したものらしい。二階のKさんが、どうぞ皆さんお取りください、と声をかけているので四本もらうことにする。

我が家の専用庭には、近所の山から採ってきて挿し木にした山椒があるので、その若芽を摘み、ビニール袋に集めて、竹の子と共に配ってもらうようにする。Kさんがビニール袋の中に顔を入れて「ああ、いい匂いだあ」という。

夕刻、マンション全体で、もわっとした甘い匂いがしている。ベランダでも、外廊下でも。皆の家で、いっせいに竹の子を茹でているのだろう。竹の子マンション。

（二〇一〇年六月）

4　ナイフと紐と

某月某日
明け方、「特許許可局」の啼き音で目覚める。今年もホトトギスが渡ってきた。

盛んに啼き飛んでいるのを聞きながら、紅茶とクロワッサン、目玉焼きとサラダ、自家製ヨーグルトの朝食を摂る。食後、専用庭に出てみると、ヤマボウシが花芽を付けているのに気付く。五年前のゴールデンウィーク中に西公園で開かれていた植木市で買い求めてから、ようやく今年は初めて花（正確には、花弁のように見えるのは四枚の総包片だが）を付けそうだ、と連れ合いと喜ぶ。

庭には他に、今年の大型連休の最終日に草むしりをしたついでに作った小さな畝に種を播いた、大葉とニラが芽を出している。か細いニラはまるで〝煙たなびく〟といった風情。

眼下の斜面で、相変わらずホトトギスが啼き募っている。今日の晩酌の肴には、魚屋で鰹《かつお》をもとめてこようか。

某月某日
上京して、三月に亡くなった『海燕』元編集長の寺田博氏を偲ぶ会に出た翌日、法政大学の学生インタビューを受けるために、市ヶ谷のキャンパスに出向く。
昨夜は、一ツ橋の如水会館での会の後、かつての『海燕』編集部の面々や島田雅彦らとともに、寺田氏ゆかりの新宿のバーをハシゴした。「ｂｕｒａ」で、現在は京都に住んでいる松村栄子さんとひさしぶりの再会を喜び、松村さんと同期の海燕新人賞でデビューした角田光代さんとは「風花」の店先で遭遇。深夜過ぎ、古井由吉氏と、「寺田さんが、今にもぶらっと店にあらわれそうだね」と語り合った。

今日はやや宿酔気味だが、夏を想わせる暑さの中を市ケ谷駅から歩いて行くと、汗が滴り、酒気が抜けていく。平成生まれだという大学生からの「平成の文学」についての様々な質問に答えながら、『海燕』が廃刊となったために中絶している、昭和から平成に移る頃のことを題材にした『渡良瀬』を自分も完成させなければ、という意欲がふつふつと湧くのを覚える。

某月某日

夕刻、バスで、せんだいメディアテークで開かれることになった「ア・ルース・ボーイ上映会」に出かける。

全編が仙台で撮影され、在仙の演劇人や仙台一高の生徒たちに出演していただいたものの、制作した松竹の内紛に巻き込まれて公開直前にお蔵入りになってしまった映画で、一九九九年に、太白図書館開館記念企画として一度だけ上映されて以来の上映となる。原作者として、映画に協力していただいた地元の皆さんに申し訳ない思いでいたが、担当の小川直人氏の尽力で、「スクリーンに描かれた街　仙台」の一環として上映に漕ぎ着けることができた。

――十二年前の夏。高校を辞めて電気工となった主人公が、卒業式を控えた母校の体育館の天井の水銀灯を交換している際に、真下に自分たちの卒業式をまぼろしに見るという、そのまぼろしの卒業式のために、在校生や先生方が二百人ほど集まってくれ、かつての同級生たちも教師役や来賓役などのエキストラをつとめてくれた。そして、ヒロイン役の小嶺麗奈さんの「応援団にエールを送ってもらって感激しました」という挨拶に、オウーと野太い歓声が上がった……。そんな光景が蘇った。小川さん、本当にありがとう！

某月某日

この連載の二〇〇二年から二〇〇九年までをまとめた『杜の日記帖』が刊行されたのを記念して、仙台市市民活動サポートセンターのシアターホールで本誌編集長の川元茂氏とトークイベントを行う。

本に収録出来なかった小生撮影の写真のスライド上映や、トルストイが作曲したピアノ曲（ショパンふうのワルツ）など本文中に出てくる音楽、鵺《ぬえ》の別名で知られるトラツグミや、毎年五月に近所の大木に渡ってくるアオバズクの啼き声などを流す。『悪霊島』の「鵺の鳴く夜は恐ろしい」のコピーで有名なトラツグミの面妖な啼き声が、暑い中会場へ足を運んでくれた観客の方々に少しでも涼気を届けてくれたならいいのだが。

本の刊行と今日のイベントを兼ねた打ち上げを、東北公済病院近くの居酒屋で。偶然にも連れて行かれたそこには、以前「東洋館」の板長だった鳴子出身の親方がやっていた店があり（砂糖や味醂をいっさい使わない塩梅料理が特徴だった）、東京から編集者やカメラマンたちを呼んで『川筋物語』の打ち上げをしたこともあった。あれから、二代ほど代替わりしたそうだが、外の離れにある厠《かわや》など、変わっていない店構えを懐かしんだ。

某月某日

先月から今月にかけて、仙台でのイベントが目白押しで、今日は一番町のヤマハ仙台店六階ホールで、仙台フィルがこの秋演奏するドビュッシーのオペラ『ペレアスとメリザンド』についてのレクチャーを行う。

フランス音楽最高のオペラとも称される曲だが、正直な所、フランス語を解さないので、全編歌うというよりは朗読されるといった趣がある音楽のCDを聴いていると、いつしか眠りに落ちてしまうのが常だった。今回、改めて『青い鳥』で知られるメーテルリンクの原作を精読してみて、この作品は、永遠の眠りの世界からこの世に生まれ落ちて、再び永遠の眠りの世界へと帰って行く我々の儚い生を描いていたことに気付かされ、なるほど眠りに誘われるのも無理はない、と納得させられた。今度は眠らずに聴く、十月の公演が今から楽しみだ。

某月某日

待望の梅雨が明けた夕刻、ビールを飲みながら、自宅の鴨居から下げたスクリーンに写して『画家と庭師とカンパーニュ』のDVDを観る。

画家はカンパーニュ（フランス語で「田舎」の意）に戻ってきた。両親が亡くなって荒れ放題だった庭の手入れをしてくれる庭師を募集したところ、現れたのは偶然にも小学校時代のいたずら仲間。画家と庭師は、互いを「カンバス」「ジャルダン（フランス語で「庭」）」と呼び交わし、とりとめのない会話を交わしながら、お互いの人生に触れ合ってゆく……。フランスの片田舎の夏の風景が美しい。

庭師が画家に、「ポケットに常にナイフと紐を忍ばせておくといい。きっと役に立つから」とアドバイスする科白《せりふ》が心に留まった。ナイフは、何かを断ち切るもの、あるいは切り開くもの、紐は、何かと何かを結びつけることの象徴だろうか。確かに人生は、その繰り返しともいえる。

さて、私もナイフと紐を手に、まだほの明るい庭に出て、小さくなってしまったヤマボウシの支柱をやり替えるとしよう。

（二〇一〇年八月）

5　「酒中日記」ふうに

某月某日
梅雨明けとなった日曜日、いつもは私と連れ合いの双方が追い込み中で忙しいときに出前を取って重宝している最寄りの八木山の寿司屋へ、たまには店のカウンターの客になろうと散歩がてら足を運ぶ。
日はだいぶ傾きかけているが、暑さは相変わらず。風が無く、首に提げたタオルで汗を拭いながら、家々の庭の夾竹桃《きょうちくとう》や立葵《たちあおい》を見やりながら歩いていると、後ろから声をかけられる。振り向くと、野草園の元園長のKさん。朝採りのキュウリをお裾分けしてくれるという。今年は好天続きで、家庭菜園のキュウリの収穫がよいとのこと。おまけに、七輪で焼いたという小さな土偶も添えてくれる。「新聞に出てた日本最古のおっぱい土偶を真似てみたんです。この胸のふくらみが、なかなかエロチックでしょう」とKさん。ありがたく頂戴してポケットに入れる。
店に着いて、冷たいビールにありつき息をつく。カウンターに先客はいないが、二階での宴会が十五人の予約が急に三人増えて、と親方は忙しそう。その合間に、鰹のたたき、コハダなどを切ってもらう。親方は酒が強そうな外見だが、じつはまったくの下戸だという。生家が昔の国鉄の踏み切り番で、隣の寿司屋の配達を子供の頃から手伝っているうちに見習いとなり、「葬式と新築祝いは揉め事が多いから、寿司を置いたら挨拶だけしてすぐ帰ってこい、と言われたもんです」。

軽く握ってもらい、冷酒、焼酎のロックとすすんで勘定すると、「はいッ、佐伯さん配達ッ」と言われ、何のことかと思うと、親方が家まで車で送ってくれた。

某月某日
昼過ぎの新幹線で上京して、駒込の駅前のホテルにチェックインする。仙台に比べて、東京の暑さはまさに半端ではない感じ。灼熱の陽射しに加えて、アスファルトの地面やビルの壁面からも熱気が放射されている。空気が重い。

夕刻、ホテルに迎えに来てくれた朝日新聞社のO君と近くの焼鳥屋で焼酎を飲みながら、O君が『海燕』の編集部にいた頃担当していた作家の石和鷹氏の思い出話をうかがう。『en-taxi』の連作短篇で、次回は声を失う感覚について書こうと思い、喉頭癌で声帯を切除した石和さんのことに思い当たった。

『週刊プレイボーイ』『すばる』の名編集長で、『野分酒場』で泉鏡花賞を受賞した石和さんとは、私も新宿の酒場でよく顔を合わせ、手術後も文学賞のパーティで筆談を交わした。カラオケが玄人はだしで、とくに「新宿情話」が十八番だった、と懐かしむ。

もう一軒ハシゴして、午後十時過ぎにホテルに戻る。書評を頼まれている三浦哲郎《みうらてつお》氏のひさびさの本となる随筆集『おふくろの夜回り』をベッドで読む。

某月某日
八時過ぎに起きてシャワーを浴び、ホテルの朝食券で近所の立ち食い蕎麦も食べられると聞いて出かけると、すぐ近くの料理屋ふうの店で着物姿の女性が打ち水をして、店先のお稲荷様を拝んでいる。こんな光景をどこかで思い描いたような……、と記憶を探って、すぐに思い当たった。主人公の大学生が、料亭ではたらく志乃と出会い結婚するまでのいきさつを書いた三浦哲郎氏の芥川賞受賞作『忍ぶ川』だ。ちょうど三浦さんの本を読んでいるときに、不思議なこともあるものだ、と思う。

昼近く、六義園《りくぎえん》を散策してからホテルに戻る途中、朝の店を通りかかると、手頃な値段の定食の看板が出ているので、ふらりと入ってみることにした。メニューには、寿司と並んでとんかつ定食もある。『忍ぶ川』の店も、料亭とはいうものの、階下ではとんかつや一品料理で簡単に飲めるカウンターがあったっけ、と店内を見回していると、二階では宴会をしているらしい声が聞こえてくる。並のちらしを頼み、ビールのコップに口を付けていると、店の隅に、三浦哲郎の『忍ぶ川』ゆかりの店であることを記した黒ずんだ木板があるではないか。小説では国電の駅としか書いていなかったはずだが、あれは駒込だったのか、とその奇遇に驚かされた。

某月某日

『小説現代』での坪内祐三氏との対談で、大久保の「くろがね」へ。前に来たのは『ノルゲ』の打ち上げのときだったから三年ぶりとなる。

ちょうど坪内さんが『小説現代』に連載している「酒中日記」が単行本となったので、それに合わせての対談のテーマは「作家と酒」。

（その対談について坪内氏が記した日記の部分を、ちょうど届いた『小説現代』からちょっとだけ引用してみよう。

「佐伯一麦さんと『小説現代』の対談（いちおう連載シリーズでこれまで出久根達郎さん村松友視さん小沢昭一さんと行なっているのだが気がついたら一年振りぐらい）。会場は大久保の「くろがね」（新宿界隈でもっとも伝統ある文壇居酒屋）。スタートは六時だが五時半に店に入り、座敷奥の井伏鱒二コーナーにどかりと座り、ビールを飲みながら佐伯さんを待つ。佐伯さんと編集部のSさん十分前に到着。恐縮させてしまうが、（山口）瞳ズムでも（池波）正太郎ズムでもなく単に早く着いちまっただけさ。（後略）」）

少し解説すると、井伏鱒二コーナーは、いつも井伏さんが座る場所と決めていた店の奥座敷の一角。また、山口瞳と池波正太郎は、人と会うときには、相手を待たせる失礼がないように三十分以上も前から到着することを旨としていた。対談の後、「酒中日記」の馴染みの店をハシゴしながら、今度の「杜の日記帖」も、「酒中日記」ふうにしてみようか、とアイデアが浮かぶ。

某月某日

九月になっても残暑が厳しい早朝、下りの新幹線で盛岡へと向かい、いわて銀河鉄道に乗り換える。ホームのベンチに座り、四十分の待ち合わせを文庫本を読んで過ごす。ホームでは、行き先を同じくするらしい喪服を来た五名ほどの男女が、ばらばらに見受けられる。今日はこれから、岩手県一戸町の菩提寺で営まれる三浦哲郎氏の本葬に参列するところである。私が駒込での奇遇に驚いている頃、三浦氏は入院中で、書評を書き上げた三日後に、新聞社からの電話で、その死を知らされたのだった。

缶ビールを飲みながら、二両編成の小さな電車で一戸駅まで向かう車中からの田舎の景色は、そろそろ色づきはじめてもよい高原のナナカマドも青い葉を繁らせたままで、残暑の厳しさがここでも実感される。代わりに、花の時季が終わっているはずの合歓《ねむ》が、眠たげな淡紅色の花をしぶとく付けていた。そういえば合歓も、三浦文学にはよく登場する樹木だった。

（二〇一〇年十月）

6 繭の中

某月某日
私が住んでいるマンションで、明日から初めての大規模修繕工事が始まることになった。築十七年、私が住み始めてからは、十三年になる。今回は外装工事が主で、最終的には外観の綺麗さを取り戻すのが目的だが、単に塗装をすればよいのではなく、その前に、壁の罅《ひび》割れから雨水が染み込んでコンクリートや鉄筋を侵蝕するのを防ぐために、下地補修や防水のための充填材もやり替えるという。
足場を組み立てる邪魔にならないようにと、専用庭を片付ける。枝が張り出している合歓を少し切ったり、ドクダミを抜いたり。ついでに今年最後のバジルの収穫もする。
午後三時過ぎのバスで街へ。せんだいメディアテーク内の市民図書館で本を返した後、ぶらぶら錦町公園まで歩いて、折から開かれているオクトーバーフェストを覗いてみる。軽くビールを一杯だけ引っかけるつもりが、ソーセージやジャーマンポテト、蒸し牡蠣などのつまみがおいしくて、ついついドイツビールのジョッキを重ねてしまう。周りの人たちも、顔を赤くして盛り上がっている。

某月某日
足場が組み立てられているのを横目にしながら、地元紙で十月から連載することになったエッセイの第一回目を執筆する。ずっと思案してきた連載の通しタイトルは、結局「月を見あげて」とすることにした。掲載は夕刊なので、今日の月はどんなだろう、と夜空を見あげるような心地で読んでいただけたら、というのが作者の願いである。

暦をめくって、第一回目が掲載される十月一日の旧暦を調べてみると、旧暦では八月二十四日。晴れていれば、夜の十一時前に二十四夜の下弦の月が出るはずである。太陽暦だけではなく、月の暦も意識して過ごすことで、日常も多彩を帯びる、というねらいもタイトルに込めたつもりだが、さて。

某月某日

朝起きてトイレに立った拍子に、右足のくるぶしに激痛が走った。とっさに、数日前のオクトーバーフェストのことが頭を過ぎり、痛風の発作にちがいない、と確信する。おまけに、猛暑に見舞われた今年の夏は、出来るだけ控えるようにしていたビールを知らず知らず飲み過ぎることが多かった。さらに昨夜は、痛風の発作を引き起こすプリン体が多く含まれている鰯を刺身とつみれ汁にして食べた。

歩くこともままならないので、タクシーで病院まで行くと、やはり痛風の発作とのこと。その頃には、熱を持った右の足首が左足の倍ほどにもふくれあがっていた。痛み止めと湿布薬を処方してもらい、どうにか帰りは、足を引き摺りながら、地下鉄の駅までそろりそろりと歩いて向かうことができた。

某月某日

ＦＭの収録を錦町の居酒屋で行う。焼酎メーカーがスポンサーということで、酒を飲みながら焼酎をはじめとした酒談義をするという趣向である。

痛風の発作から、今日で三日目。ビールでの乾杯は遠慮して、もっぱら焼酎の水割りを舐めるように飲む。うまそうなもつ煮込みも、残念ながら遠慮することに。ノルウェーに暮らしていた頃よく飲んだ、北欧のジャガイモ焼酎こと〝アクアヴィット〟の話などをする。パーソナリティの角田哲哉さんとの話が盛り上がるにつれて、焼酎のピッチが上がってしまうが、まだ湿布を貼っている右足のくるぶしはおとなしくしている。

某月某日

いよいよ足場が最上階の五階まで組み立てられ、今日から足場の外側に白い幕がかけられはじめた。寒冷紗のような細かい網の目から、外の景色が霞んで見える。専用庭の枝垂れ桜や今年はじめて花を付けた山法師の紅葉の具合も、晴天なのか曇天なのかも、見分けがつかないようになってしまった。

こんな光景を、つい先頃、文芸誌で見かけたことを思い出した。古井由吉氏の「蜩の声」と題された短篇である。再読してみて、年齢同様、住居の方もふたまわり上の年恰好となる築四十二年目の外壁修繕工事が、今年の梅雨時から未曾有の酷暑に見舞われた時季に行われていたと改めて知った。築十二年目、二十七年目に続いて、三度目の大規模修繕だという。

古井氏とは、十三年前、私が一年間北欧のオスロに過ごした折に、往復書簡を交わした。それに続けるような気持ちで、現在の私の住まいの境遇を、短篇の感想と共に手紙に書いて送ることにした。数ヶ月隔ててだが、工事の騒音に悩まされる、同病相憐れむ、という思いもあった。

某月某日

打てば響くように、古井氏から返書が届けられた。「繭の内の住み心地如何ですか。北欧の無明を思い出すこともありますか」と文面にあり、なるほど「繭の内」とは言い得て妙だ、と改めて室内から窓硝子の外を見やった。

確かに、「繭の内」の住み心地は、北欧のこの時季の、暗天の下、霧霰《きりあられ》に閉ざされた暗鬱さを想わせるようでもある。彼の地では、もう少しして雪が降り積もるようになると、雲を透かして射す僅かな光にも雪が感応したようにほの明るさが生まれ、街自体が灯りのともった『繭の内』となったものだが、こちらは年内いっぱいはかかりそうだ。

連れ合いはしきりに、立ち入り禁止の足場の上を猫のように歩き回ってみたい、と言う。

某月某日

今年の秋は、文学賞の選考会や連れ合いの個展の搬入搬出の手伝いなどで、毎週のように上京している。工事中の住まいの騒音を逃れた東京の旅先で、人心地をつく恰好となった。

今日は、夕刻から銀座の料亭『金田中』で野間文芸賞の選考会である。ここは、野間文芸新人賞の選考会場でもあるので、足を運ぶのは六年ぶり。本賞の選考は初めてなので、秋山駿、坂上弘、津島佑子、高橋源一郎の諸氏とともに、いくぶん緊張しつつ席に着く。

真剣な議論が交わされた結果、今年の文学の世界の収穫祭で選ばれたのは、村田喜代子氏の『故郷のわが家』である。

母親が亡くなり、雲海が湧く九州の高原にある築八十年の生家を処分するため、東京からやって来た六十五歳の未亡人の笑子さん（この名前が利いている）が、家を片付け、相手先を見つけて売却するまでの半年足らずの日々が九つの短篇で描かれる作品で、特に、寝覚めした午前三時という、夜でもなく朝でもない、眠りと覚醒の〝あわい〟の時間に招き寄せられた、思い出や夢、空想までを含めた人生の諸相が、大らかなユーモアとスケール感をもって描かれていることに私は感心させられた。

（二〇一〇年十二月）

7 彦根の月

某月某日
工事は休みで静かな休日。ひさしぶりに専用庭に出てみると、枝垂れ桜の紅葉が綺麗だ。酷暑の夏から秋冷を帯びるようになって、温度差が大きかったせいか今年は色付いた葉のオレンジ色や赤みが強く、そこだけ灯りがともったようだ。
実生から育てている、鉢植えの椿や枇杷、野草園の元園長だったKさんからいただいたヒナヨシ、植え込みのサツキ、実生から私の背丈以上に育った合歓《ねむ》などに、連れ合いが水をやっているのを見ながら、ソファで、今年から選考委員を務めることになり選考会が数日後に迫っている大佛次郎賞の候補作を読む。大作が多いのでくたびれるが、小説の他に歴史書や思想書も入っていて、よい刺激と勉強になる。本に付箋紙を貼って気が付いた点をメモしていると、レポートに追われた学生の気分。
夜は、鶏の水炊きにする。白菜ではなくキャベツを用いるのがコツで、今日は少し風邪気味なので、大根、人参などの野菜も入れ、最後は生姜と柚子、ねぎなどの薬味をのせた稲庭うどんでしめる。

某月某日
この数日、東京下町、清澄白河のホテルに滞在している。私は大佛賞の選考会と小説の自主カンヅメ、連れ合いはホテル近くのギャラリーでニット展を催しているため。

清澄公園に隣接した界隈は、関東大震災の復興事業の一つとして建てられた昭和初期のモダンな二階建てのRC長屋が残っており、リノベーションして洒落た店舗やカフェとして生まれ変わっている。連れ合いの個展を開いているギャラリーは中国茶の喫茶店も兼ねており、二階の公園の木漏れ日が注ぐ鍼灸院には、年に二、三度の割で、私も世話になっている。

三菱財閥の創業者である岩崎弥太郎が全国の奇岩名石を集めて造成した清澄庭園を散歩しながら、夕刻の選考会での意見をまとめる。

築地本願寺近くの料亭での選考会では、今年の大佛次郎賞は熊本在住の在野の歴史家渡辺京二氏の『黒船前夜』に決まる。事実は小説よりも奇なり、という言葉を実感させられた本だった。選考後、一献傾けながらの雑談の席で、天文学者の池内了《さとる》氏と、寺田寅彦のエッセイを肴に、自然科学と文学についての話が弾んだ。

某月某日

師走の銀座へと出向き、〝お姉さん〟こと髙樹のぶ子さんと対談をする。

十八年前の晩秋、日中文化交流協会の招きによる作家代表団員として一緒に中国を旅行してから、そう呼ぶようになった。「まるで、腕白な弟と、それをたしなめる気丈な姉といったコンビだね」と、団長だった黒井千次氏に何度もからかわれているうちに、当人たちもほんとうにそんな気にさせられたのである。以来、賢姉愚弟の仲として、文学賞のパーティや作家のお別れ会などで顔を合わせるほかにも、何度か博多で河豚をご馳走になったりして来たが、この数年はお互いに忙しくて、じっくり顔を合わせる機会がなかった。

今回は、書き下ろし小説の『飛水』を髙樹さんが上梓したのを機会に、対談を依頼されたのである。飛騨を舞台に、恋に落ちた三十代の男女が、飛騨川バス転落事故で男性が亡くなったものの、浄土でふたたび結ばれる。恋愛小説の名手である髙樹さんの手にかかると、死後の世界も艶めいて描かれる。

愚弟の私も、五十代に入って、エロスを描くことにそろそろ踏み入らなければ、という発破をかけられた思い。それにしても、ミニのワンピース姿の〝お姉さん〟の若々しかったこと！

某月某日
マンションの大規模修繕工事も一部を残すのみで年末に一段落し、シートと足場が取り払われて、化粧直しした外観で新年を迎えることとなった。昨日は、ひとり暮らしをしている母親の元で年越しを済ませ、大晦日の今日は、雪が舞うなか、東北大学川内萩ホールで行われる『山下洋輔のジルベスター』コンサートへと出かける。
週刊誌記者をしていた二十歳の頃、中村誠一、坂田明らのメンバーがいた山下洋輔トリオをよく聴いた時期があった。全共闘運動が盛んだったときに、バリケード封鎖されていた早稲田大学の大隈講堂からピアノを持ち出して山下に弾かせるというイベントがあった。地下室での演奏。電気が消え、反対セクトとの乱闘の中、楽器同士が火花を散らし競演するさまは、立松和平の小説『今も時だ』で描かれて、山下洋輔は一種伝説的な存在だった。
今回は、ヴォイスパフォーマンスグループXUXU（シュシュ）、NATSUMI Quartet（ナツミカルテット）との競演だったが、山下洋輔のピアノは相変わらず圧倒的で、なかでもジャズの歴史を山下独自の視点でたどる組曲「サドン・フィクション」が愉しめた。席からはピアノの蓋に隠れて、得意技の肘弾きをしているかどうかが見えなかったのが、ちと残念だったけれども。休憩中に見かけた数人の知人と、年末の挨拶を交わした。

某月某日

木山捷平短編小説賞の選考で笠岡へ行く途中、彦根へ立ち寄ることにした。湖西、湖北は訪れたことがあるが、湖東へはまだで、一度足を向けてみたいと願っていた。

快晴に恵まれて、東海道新幹線の車中から雪を冠した大富士を眺め遣ったと思ううちに、関ヶ原に差しかかるあたりから雪が舞い始め、乗り換えの米原では吹雪となった。東海道本線の彦根駅に降り立ったときには、さいわい雪も小降りとなり、まずは歩いて彦根城へと向かった。

濠端の、井伊直弼が雌伏の時期を過ごした埋木舎の門前に立ち寄ってから、彦根山（金亀山）を登る。坂の途中、青々とした葉を茂らせているクスノキの大木があるのを見て、落ちている葉を拾って指で揉み香りを嗅ぐ。カンフル注射の原材料であるクスノキは、樟脳の香りがあり、旅の疲れがとれて心身がリフレッシュした心地がする。

小さいながら天守が現存しており、国宝となっている彦根城のてっぺんまで息を切らしながら急階段を登ると、折良く晴れてきて、四方を廻って眺めると琵琶湖をはじめ、その向こうに比叡、比良、目を転じて鈴鹿山地、伊吹山などが一望される。（何度見ても、伊吹山はけったいな形をしているなあ）

宿は、琵琶湖湖畔のかんぽの宿に取ることにする。民営化されて、一般客も気軽に利用できるようになったのがありがたい。温泉につかってから、レストランで〈おいしいもの少しずつプラン〉の夕食を摂っていると、隣のテーブルの〈かに食べ放題プラン〉の女性三人の豪勢な食べっぷりとあけすけな会話に気圧《けお》される。

部屋に戻ると、十六夜の満月が湖水に光を映じているのが眺められた。「月明 彦根の古城」は琵琶湖八景の一つである。

（二〇一一年二月）

8 巨大地震のあとさき

某月某日

せんだいメディアテークで、〈『海炭市叙景』をたずねて〉と称したトークをおこなう。二十年前に自死した佐藤泰志の遺作で、函館を舞台に映画化されたのがきっかけで、文庫が復刊され、六万部を超すという出版界異例のニュースにもなっている。ブックカフェ「火星の庭」でおこなっている「夜の文学散歩」の特別拡大版として、今回は、書評家の岡崎武志氏、仙台でも上映中の映画『海炭市叙景』のプロデューサー越川道夫氏との鼎談をすることになった。

両氏とも初対面だが、佐藤泰志の文学に惹かれた者同士、和気藹々と話が弾む。いつもは、酒を飲みながらリラックスした雰囲気で参加者たちとやりとりをしているので、少々左手が淋しかったけれども。岡崎氏は、東京で開かれたトークの場で佐藤泰志の娘さんと対面したときに、精神的に不安定だった「父が死んだ時は、正直、ほっとしました」という言葉を聞き、「これはね、たいへん深い言葉です」と紹介した。

越川氏は、函館市民と共同でロケをし、低予算で作られたこの映画が、数々の奇跡のような出来事を経て、完成した経緯を説明した。登場人物の慎ましい暮らしが印象的な映画だったが、「貧乏を映画にするのは金がかかる」という言葉が印象的だった。私は、「八十年代に書いていた作家は、アメリカ文学からの影響を強く受けている。例えば、村上春樹のフィッツジェラルド、中上健次のフォークナーというように。佐藤泰志はヘミングウェイの影響が明らかだ」と話した。

打ち上げの国分町の渋い居酒屋は、メカブや牛タンなどのつまみも絶品だったが、ひさしぶりに紫煙が立ち籠める店内の熱気に、途中から意識が朦朧としてしまった。

某月某日

五年ぶりに兵庫県尼崎市を訪れた。ここ数年来、『文学界』でアスベストをテーマにした連作短篇を書き続けている。今回は、クボタショックがあった半年後に、四十八歳の若さで、アスベストが原因の胸膜の癌である中皮腫で亡くなった武澤眞治さんのことを、三つ離れたお兄さんの武澤泰さんから聞くことにした。

三月になるというのに、関西も寒く、雪が舞う中をクボタのアスベスト工場があった周辺を歩く。クボタの目の前に、武澤さん兄弟が住んでいた県営住宅はあり、アスベストを含んだ粉塵が目に見える形で舞い散っていたという。眞治さんは鰻職人で、母親を助けるために、結婚もせずに独立して店を出すのを夢に修業に励んでいた。

「私だって同じようにアスベストを吸っていたので、いつ弟のようになるか、不安はあります。なぜ、弟が中皮腫になって死に、自分はこうして生きているのか、と不思議にも思います」と、泰さんは物静かな口調で、訥々と話した。

某月某日

二泊した尼崎の後、笠岡に一泊して木山捷平短編小説賞の授賞式に出た後、東海道新幹線、東北新幹線を乗り継いで帰仙する。午後八時過ぎにようやく仙台駅に着き、そのまま駅構内のスパゲッティ店へ。英国のフェルト作家であるリズ・クレイとは再会の挨拶を、夫君のベンとは初対面の挨拶を交わし、ビールで乾杯。ロンドンで開かれるロンドンクラフトフェアに連れ合いが出展したのが縁で知り合ったリズが、仙台で個展を開くことになり、三日前から私と入れ違いに我が家に滞在している。

リズはフェアの会場で会ったときよりも、ずっと親しみやすい印象。一昨日、白石和紙を見学したのがよかった、と話す。百八十センチを超える長身のベンは、webデザイナーをしていると自己紹介。今日は、ギャラリーへの搬入を済ませたところで、明日は私も展示を手伝うことになっている。

某月某日

一昨日の昼前に、M7・3の地震があって以来、地震が続いている。この三十年の間に九九％の確率で起こると言われていた宮城県沖地震が起こったとする説や、もっと大きな地震が来る予兆とする説が出たが、結局はそのいずれとも無関係、ということに落ち着いたようだ。

ともかく余震も収まったようなので、個展のオープニングとワークショップを終えて一段落したリズをねぎらうために、近場の作並温泉へ日帰り入浴に行くことにする。箱根の温泉には入ったことがあるが、露天風呂は初めてだとリズがはしゃぐ。すっかり東北が気に入った様子。

ＪＲ仙山線と宿の迎えのマイクロバスに乗って温泉に着くと、さっそく露天風呂へ。三月も半ばだというのに、折から雪が舞い始めて、露天風呂には恰好のけしきとなる。ベンも地震の憂いを忘れたように、百八十センチを超す長身を湯槽に伸ばして心地よさげ。しばらくそうしていると、突然、周りの岩に積もっていた雪が粉状に降り注いだ。と、次の瞬間、強い揺れ。細かく砕けた礫《つぶて》が急な岩肌をいくつも転げ落ちてくる。それを見て、この期に及んでも冗談を言い合っている若者たちを尻目に、ベンを促して隣の脱衣小屋へと駆け込む。これまで経験したことのない激しい横揺れは益々強まり、小屋は柱を軋ませて今にも潰れそうだ。本物の宮城県沖地震がとうとう起きてしまった、という実感が、恐れをともなって足元から突き上げて来た。

某月某日

震災から十日経った。停電していたときは、手巻き充電式の非常用ラジオだけが唯一の情報源で、夜空には満天の星が見えた。四日後に電気が復旧してテレビが視られるようになると、津波に家々が呑み込まれ流されていく光景や原発が爆発する映像の繰り返しに不安感ばかりが増すようだった。アスベストのように、今また、目に見えない放射能の恐怖が広がっている……。

避難所から私の所に来ていた母が心身の消耗が激しいので、高速バスで新潟へ行き、上越新幹線に乗り換えて上京し、横浜の兄の所に預けてきた。今日は、震災についての新聞記者の取材を受けながら、緊急車両のハイヤーで東北道を仙台まで戻る。

道は空いており、四時間半ほどで仙台市内に到着。立ち入り禁止となっている沿岸部へ取材の許可を得て入り込むと、途中、風景が一変した。生と死を分けた見えないラインを思う。いつも自宅の窓から見ていた海辺の集落が、根こそぎ津波にさらわれ、家の残骸や車が、田に散乱している。知人の家を探すが、消えている。言葉を失って立ち竦むのみ。希望などという言葉は、まだ出て来ようもない。

某月某日

地震の四日後に予定を全てキャンセルして帰国したリズから、メールが来る。添付されていたファイルを開いてみると、仙台で遭った巨大地震についてＢＢＣラジオのインタビューを受けているベンの音声だった。「仙台にはまた行きたい」と話していた。

（二〇一一年四月）

9

日和山で

某月某日

もうすぐ震災からひと月が経とうとしている。三週間後に水が来たが（新潟の水道局の給水車にはほんとうに世話になった）、都市ガスがまだなので、さすがに風呂が恋しくなった。

上山の陶芸家の友人である神保登・寛子夫妻を訪ねがてら、かみのやま温泉につかってくることにした。午後二時半過ぎの上山までの高速バスに乗る。温泉街は、観光客もおらず、節電で明かりも落としてあって、いささか寂れた印象。チェックインを済ませ、軽装の荷を下ろすと、ともあれ温泉へと向かう。まずは洗い場で垢を落とす。しばらくぶりの風呂なので、軽く肌をさすっただけでぽろぽろと粉のようなものが出る。時間が早いためか、湯槽を独占して人心地つきながら、地震のときには作並温泉の露天にいたことが遠いことのように思い出される。

夕刻、神保さん夫妻が宿に迎えにきてくれて、蕎麦屋へ。蕗の薹の天ぷら、行者ニンニクのおひたし、岩魚の塩焼きなど。かいもち（そばがき）が、もちもちしていておいしい。ひさしぶりの外食だったことに気付いた。

宿へ帰り、寝る前に連れ合いは展望風呂へ、私は部屋の中の風呂に入る。寝だめ、食べだめならぬ風呂だめをしておこうという思い。つかっているさいちゅうに、ドスンと大きな縦揺れがして、横揺れに変わった。ひと月前の再現となり、おいおい嘘だろう、と心の中で声を発する。照明が落ち、裸のまま真っ暗な中を這うようにして座敷に戻り、浴衣を探すのも大わらわ。しばらく経って、怯えきった様子で連れ合いが戻ってくる。

非常灯がともった廊下へ出て、ＰＨＳのワンセグで最大余震が起こったことを知る。五階の同じフロアには、福島から避難してきたという同じ名字の家族親戚が分散して宿泊していた。

某月某日
余震で、また落下して床に散乱してしまった本や机の上に置いてあった資料の山を書き分けて、それらの一番底から、三浦哲郎《みうらてつお》氏の遺作を収めた『肉体について』のゲラ刷りをまさしく掘り起こす。

この本の末尾に添える文章を頼まれ、東日本大震災を挟んで諸作を読むことになった。水道もガスも来ておらず、強い余震も続いているといった何かと心弱りを覚える日々の中で読み継ぐこととなり、当初は果たして震災前と同じ心で本書の諸作と向き合うことが出来るだろうか、という不安を抱いた。

だが、結果的にそれは杞憂に終わった。通風や高血圧、心臓病、眩暈などの病気を抱えた老いの日常が、家族や郷里の思い出とともに自在に描かれる長篇小説ふうのつくりのなかで、故郷の旧い女友達が送ってくれた痛みに滅法よく効くという枇杷の葉を無添加の玄米焼酎に漬け込んだ妙薬が、最初はインスタントコーヒーの空き瓶に入れられて届いたのが、次にはピクルスの空き瓶で届き、同じように赤いマジックで〈びわ10年〉と書いた紙が貼りつけてある、といった何気ない細部が、ざわざわと波立ちがちな心を不思議と落ち着かせることとなった。

社会的な復旧や復興は必要だが、個人一人一人が、まず手強い日常を取り戻さなければならない、と読後に強く感じた。

某月某日

このところ、夕食の後はテレビを消して、インターネットで配信されている関西のラジオ局が制作している「たね蒔きジャーナル」という番組の録音に耳を傾けるようになっている。そこに連日、京都大学原子炉実験所助教の小出裕章氏が電話出演して福島第一原発の事故の現状について解説しているからである。

原発問題に関しては、原発推進派、反原発派双方の感情的な対立に終始してしまいがちだが、長年専門家の立場から原子力をやめることを社会に提言してきた小出氏の冷静で説得力のある現状分析がもっとも頼りとなる印象を受ける。話を聞きながら、いま必要なのは、根拠のない楽観ではなく、予断が許されない事態から目を逸らさない悲観の情熱なのではないか、との思いがしきりとする。

私が、小出氏のことを知ったのは、高校時代の恩師の亡きW先生によってである。女川原発の放射能監視体制をつくったのも小出氏だったという。「(東北大学で)学生時代を過ごした仙台、反原発運動をともに闘った女川、三陸には友人や知人がたくさんいるが、震災後、今も連絡が取れない人もいる」と小出氏は東京新聞のインタビューで語っていた。

某月某日

昼過ぎ、玄関扉を叩く音に出てみると「四国ガスの者ですが」と挨拶される。仙台市のガス復旧にあたっては、全国各地のガスマンたちが三千七百人も支援に駆け付けてくれたと聞くが、その一人である彼に点検してもらい、ようやくひと月ぶりに自宅にガスが開通した。夕刻、家の風呂に入るのが待ち遠しい。湯上がりのビールも冷やしておかなくては。

某月某日
昨日の井戸浜に続いて、今日は閖上《ゆりあげ》へと足を運ぶ。

井戸浜までは、バスで当面の最終停留所近くで降り、東部道路の下のトンネルをくぐって津波被害のあったところをずっと歩いた。ひと月前に訪れたときよりは水が引いているが、巨大な汐をかぶった湿土の光景に変わりはない。金色の細工物のスプーン。何の目印なのか、赤と白のバッテンのついている車。根っこごと流された大量の松の木、桜の木。アダルトビデオ。農業大辞典。写真。芽の出た箱入りのタマネギ。座布団。誰かがいままで座っていたかのように田んぼの中に置いてある椅子……。日常が流されている。

午後三時過ぎに、館腰小学校で避難所暮らしを強いられているK君が迎えに来てくれ、友人から借りているという車で閖上へと向かう。彼の家は、閖上の市場の真ん前にあり、以前『川筋物語』を書いたときにも彼の案内で閖上を歩いたことがあった。

日和山に登り、瓦礫の山となったかつての家並みを見下ろす。わずか十メートルに満たない日和山の登り口には、昭和八年の三陸津波記念の戒石がある。「津波についてのこんな石碑があるなんて知りませんでしたよ」とK君は無念そうに言った。

日和山は日本各地の海岸近くにあり、そこでは昔、経験を積んだ日和見が雲行きや風向きを調べて天気を占ったという。船の出入り、海上の状態などに加えて、事のなりゆきも見たことだろう。いつからか我々は、日和見を失ってしまったのかもしれない。

某月某日

拙宅のマンションも二十五センチほど地盤が沈下して、建物の底が浮き上がり、地面との間に隙間が生まれてしまった。そこから土ネズミが出入りしている。隣家で飼っているアイヌ犬もしばらくは不安そうな遠吠えを繰り返していた。震災に遭ったのは、我々人間たちばかりではないようだ。

（二〇一一年六月）

10 松本竣介との一週間

某月某日

原発事故による放射能汚染の報道に接している中で、思い出された映画がある。一九五九年に制作され、グレゴリー・ペックが主演した『渚にて（ON THE BEACH）』。レンタルすることが出来たので、さっそく居間に壁掛けのスクリーンをかけて自宅上映する。

設定は一九六四年。第三次世界大戦が勃発し、核爆弾による放射能汚染で北半球が全滅する。海の底に潜っていたので乗組員が生き残ったアメリカ海軍の原子力潜水艦スコーピオン号が、南半球のオーストラリア・メルボルンに寄港するところから映画は始まる。

放射能汚染は徐々に南半球にも及び、人類の滅亡が避けられないことが瞭《あき》らかとなる。それでも多くの人々は、パニックに陥ることなく、死を覚悟しながらも海水浴や川釣りなどをして残された人生を楽しむ。やがて、放射線に被曝し急性放射線症におかされた患者が出始める。苦しみ始めた人は安楽死を遂げる薬を服用し、しだいにメルボルンの街が寂れていく。スコーピオン号のタワーズ艦長（グレゴリー・ペック）は、あくまでもアメリカ海軍の軍人としての死を望み、乗組員と共にスコーピオン号をオーストラリアの領海外で自沈させることを選ぶ……。

派手なアクションや劇的なドラマがあるわけではないが、人々が静かに滅んでいく姿がかえって絶望の深さを観る者に思い知らさせる。グレゴリー・ペックと恋に落ちるエヴァ・ガードナー。赤ん坊が生まれたばかりの若いカップルの夫役は、「サイコ」で有名になる以前のアンソニー・パーキンス。原子科学者の医師を演じるのはダンスの神様フレッド・アステア。そうした脇役の演技も胸を打つ。

唯一のミステリーとして、全滅したはずのシアトル付近から意味不明のモールス信号が打電されて来る。思わず私も、昔取った杵柄でモールス信号を懸命にアルファベットに置き換えていた。

某月某日

夕食後にくつろいでいるところへ、NHKのプロデューサーのKさんから電話がある。昨日、震災にからめて何か美術番組が作れないか模索しているがいいアイデアはないか、という相談があり、改めてかけてもらうように頼んでいた。震災について、テレビ出演やコメントをいくつか求められたが、自分は津波の被害者ではないし、復興へのアイデアを持ち合わせているわけでもないので、その任ではないと断り続けていた。Kさんに説得されているうちに、津波で身内を亡くした聴覚障害のある知人への思いや、「頑張れ」の大合唱に対する違和感などの率直な思いを、絵に託してなら語れそうな気がしてくる。

宮城県美術館にある〝洲之内コレクション〟の中の松本竣介『白い建物』という絵が、震災後の瓦礫の風景を見ていると思い出され、また松本竣介も十三歳で聴覚を失った画家だったことから、知人への思いにもつながるように思えてきた。ぜひ番組に出来るように企画会議にかけてみます、とKさんは真剣な口調で言い、電話を切った。

某月某日

梅雨入り間近を想わせる曇天の午後、NHKの「日曜美術館」のディレクターのFさんが来仙し、ホテルのカフェで打ち合わせた後、宮城県美術館へ。KさんもFさんも、四年前に「日曜美術館」でムンクについて話したときに世話になって以来、何度か酒席を共にしてきた。番組作りへの真摯な態度が伝わってくる女性たちである。

宮城県美術館は、震災以来休館していたが、五月から一部開館されたという。小部屋で一部だけ公開されていた洲之内コレクションとの再会を果たす。まず、海老原喜之助の『ポアソニエール』が迎えてくれた。エメラルドグリーンの色調で、頭上に魚を入れた笊を載せた魚売りの女を描いた絵。

〈こういう絵をひとりの人間の生きた手が創り出したのだと思うと、不思議に力が湧いてくる〉と、戦争中の中国で複製の絵葉書を見て気を晴らしていた思い出を洲之内徹はかつて記していた。様々な荒廃を目にした後だけに、その言葉に共感が増した。

さらに、子供の頃に、今度の津波で壊滅的な被害を受けた閖上から来ていた、大きな背負い籠に入れた焼きガレイなどの魚を売る〝五十集《いさば》〟と呼ばれる男勝りの行商のおばさんたちの姿がそれに重なるようだった。そんな幼少期の記憶も津波に流されてしまったようにも感じていたのだが、「焼アきガレイいらんけエー」という五十集の物売りの声がありありと聞こえてきて、胸が熱くなる。

某月某日

番組は「松本竣介　音なき世界　再生の青」と題されることとなり、一週間続いた収録も今日で終わりとなる。自宅や近所の大年寺山公園での撮影の他に、津波に塾を兼ねていた自宅を流された友人と閖上を歩き、その彼が避難所で寺子屋を開いて子供たちに勉強を教えている姿を追い、地震で地すべり被害にあって避難勧告の出た八木山の住宅地を目にしながら、松本竣介の絵に思いを馳せて来た。梅雨のさなかにもかかわらず、ずっと青空が覗いており幸運だった。

今日も暑い一日となり、宮城県美術館で司会の千住明氏、森田美由紀さんとともに、『白い建物』と題された絵から受ける印象について語り合う。

「白い建物というタイトルですが、全然白くありませんね」と森田さん。

「僕は、松本竣介が聴覚を失ったときのことがここに凝縮して描かれているように感じます。水道橋の駅舎を描いているにもかかわらず、人が一人も描かれていないのは、見知らぬ他人は、もはや自分とコミュニケートできる存在ではない、いないに等しいという絶望のあらわれだったのでは」と千住氏。

「いまでは瓦礫と化してしまった建物が元あった姿を思い出すよすがとなり、手垢や引っ掻き傷が付き、埃にまみれた灰色の建物に象徴されるような人間の日常のいとなみが震災によって喪われてしまったことを改めて実感する」と私。

某月某日

一週間にわたる撮影の間、カメラや音声、照明、そしてロケバスの運転手といったスタッフ一同ともすっかり親しくなり、打ち上げをしようという話が盛り上がった。放映から一週間経った今日は、私の上京に合わせて、東京駅近くの南インドレストランで反省会を兼ねた打ち上げとなる。Kさん、Fさん、そして森田アナも急遽参加して、ロケ中の裏話を肴に、白ワインのピッチが上がる。
名残惜しくも最終の新幹線で帰る私を、気仙沼ロケから帰ってきたばかりの運転手のSさんが、ロケバスで東京駅まで送ってくれる。

某月某日
梅雨明けしても、今年はアオバズクの啼き声がまだはっきりと聞こえてこない。数度聞いたような気もするが、確かではなく、震災によって土地の風景が一変したので、目印を失ってしまったのだろうか、と案じている。

(二〇一一年八月)

11

豆腐屋のラッパ

某月某日

暑い一日。夕方近く仕事場で執筆していると、豆腐屋のラッパらしき音が遠くから近付いてくる。音が高まったところで出てみると、やはりそうだった。

軽ワゴン車の後部座席でラッパを吹いているおじいさんと、運転席と助手席に若者二人が乗っている。接客は若者たちが降りてきて担当。山向かいの大堺《おおとや》町から来ており、震災以後、週に二度、水曜日と土曜日に配達に廻るようになったとのことで、まずは木綿豆腐を買ってみることにする。

こんな些細なことでも、仕事を上がって晩酌するのが楽しみとなる。まず、ぬるめの湯に入り、甚兵衛に着替えて団扇《うちわ》を煽ぎながら、冷や奴を肴にビールを飲むと、冷房もパソコンも携帯電話も無かった頃に戻ったような安逸味を覚える。木綿豆腐は端っこが少々固かったけれども、それも昔ながらの手作りの味わいがあっていいではないか、と思い直す。

某月某日

この秋から、仙台文学館で五回連続で川端康成の『雪国』の読書会を行うことになった。執筆を早めに切り上げて、バスでせんだいメディアテークへ行き、資料を探す。

一番町の中華屋で、八宝菜定食と餃子の夕食を食べてから、仙台駅東口へ。「チネ・ラヴィータ」で、原田芳雄の遺作となった『大鹿村騒動記』を観る。高校時代に『祭りの準備』を観て以来ファンとなり、出演作はほとんど観ている。週刊誌記者をしていた二十歳の頃に、鈴木清順監督の『ツィゴイネルワイゼン』が東京タワーの駐車場に作られた銀色のドーム型特設劇場で行われて話題となった際に、電話でコメントを取ったのが一番の思い出。

長野県下伊那郡に実在する大鹿村で行われている村歌舞伎の演技は圧巻だった。悲喜劇の軽いタッチも、映画は遊びだと公言していた人にふさわしいようにも思えた。目の奥をつーんとさせながら映画館を出ると、霧が立ち籠めている。

某月某日

七夕で賑わうなか、「大丈夫？　被災地のアスベスト」と題したイベントが仙台NPOセンターで開催され、私も小講演を行う。

津波の被災地では、膨大な瓦礫の山が残され、その中にはアスベスト（石綿）が吹き付けられた鉄骨や、粉々に粉砕されたアスベスト建材も多く含まれている。実際、津波の被災地を訪れたときには、埃っぽい空気の中、マスクをせず、咳をしている人たちが多い印象を受けた。再生採石の中に、アスベストが含まれていることもあった。

私が、電気工としてアスベストに触れていたのは二十代から三十代初めの時期で、将来の発病の心配を知らされたときも、まだまだ先のことだと、実感に乏しかった。だが、アスベストを吸ったことによる特徴的な肺の病変は、およそ二十五年後に確かに現れて、経過観察を余儀なくされている。

大学生など若者のボランティアが、将来アスベストが原因の病気にかかることは何としても避けなくてはならない。皆さんも、被災地へ足を運ぶ機会には、ぜひマスクの着用を。

某月某日

広瀬川の宮沢橋付近で恒例の灯籠流しが行われる。震災があった今年は、特別に人出が多く感じられるが、雰囲気はしめやかな印象。

灯籠に、亡父と並べて、この震災で亡くなった知人、アスベスト禍に斃《たお》れた知り合いの供養を書いていると、隣で、初盆用のひと回り大きな灯籠に、「父、母、兄供養」と記し終えた同年代の男性がいて、胸を衝かれる。

江戸時代の大飢饉の際に無縁供養が行われたという場所に屋台が立ち並び、灯籠を流し終えた人々が川風に吹かれながら食べ物を頬張っている。死者を偲びつつ焼き鳥をつまみに酒を飲みながら、過去の災厄の上に我々は生きている、という実感を今年ほど抱かされたことはなかった、と痛切に思う。生死の境を淡くして暮れなずむ空に、無数の秋津（トンボ）が飛び交っていた。

某月某日

蒸し暑いような、肌寒いような、小雨が降るような、変な天気の一日。今日も豆腐屋のラッパが聞こえてきた。連れ合いが出て、絹豆腐、四つ切りの厚揚げ、揚げ、いなり寿司用の小揚げを買って、しめて740円。

今日はずいぶん豆腐が残っているので、「今日は、たくさんある」と連れ合いが言うと、

「今日はだめ！」

「涼しいから？」

「そう！　もっと寒いと湯豆腐食べるけど、こういう中途半端なのがだめ！　昔は、春は揚げが売れたもんだ、おいなりさんとか作るから。でも、今は売れない、作らないもん」

豆腐屋のおじいさんと若者二人は、親子の家族だった。「子供は、男だけなんです」とおじいさん、改め、おじさん。そう言われてみれば、眼鏡をかけた細面の息子のほうは、よく似ていたような。

某月某日
東京の広尾にあるノルウェー大使館で、ノルウェーのみならず、現代の世界的な名ピアニストであるアンスネスと対談する。
今年は、日本・ノルウェー両国が未曾有の災厄に見舞われた年となった。日本が3・11の大きな爪痕から立ち上がろうと苦闘しているなか、ノルウェーでは7・22に爆弾と銃乱射によるテロ事件が起きた。
大きな災禍に見舞われたとき、音楽・芸術にできることを話し合う。芸術は直接的に復興の役に立てるわけではない。だが、ニューヨークで9・11も体験したアンスネスは、そのときにバーの音楽やベートーヴェンの後期の弦楽四重奏曲が演奏されるのを聴き、今回、ノルウェーでの追悼コンサートも行った経験も通して、音楽が人々の再生に何らかの力になることを実感したと語った。

それを踏まえて、私は、クラシック音楽は、言ってみれば、決して生きていた時代が幸福とはいえない過去の音楽家たちがのこした遺言、遺書のようなもので、演奏家は楽譜からそれを解読し、現在に甦らせる。そして自分たち小説家もまた、犠牲者を含めた過去の死者たちとのコミュニケーションを持ち続ける役目を担っているのではないか、と発言した。

対談後は、ブラームスのバラード第四番、ショパンのバラード第一番、そしてグリーグの叙情小曲集から、の小コンサートが行われた。演奏の昂奮が冷めやらぬなか、大使公邸に場所を移して、飲み物と軽食が振る舞われた後、帰途に就こうとすると、折悪しく台風の直撃を受けて、都内の交通機関はマヒ状態となっている。

まあ、こんなこともあるさ、と腹を括って、公邸の庭の樹木がはげしく身を揉むように踊っているのを眺める。

（二〇一一年十月）

12
セーター兄弟

某月某日
震災後から朝日新聞で連載している、古井由吉氏との往復書簡の十二通目を書き上げた後、雨が降り出した街へと出て、桜井薬局セントラルホールの午後七時からのレイトショーを観る。榎本憲男氏の初監督作品『見えないほどの遠くの空を』。榎本氏は、銀座テアトル西友などの支配人を経て脚本家となり、今回初メガホンを取った。連れ合いが映画配給会社にいたときの同僚でもあるので、どうしても駆けつけたいと思い、最終日となって観ることができた。
ストーリーはミステリアスな部分もあり、ネタバレとなるので詳しくは書けないが、良質な青春映画だと感じた。特に、大学の映研の学生を演じる若者たちがいい。観ながら、スクリーンの隅に汚れのようなものが映っているのが少し気になったが、終わってから他の人が劇場の人と話しているのを聞いて、3・11のときに傷付いたものだと知らされた。

某月某日
私の住む集合住宅は、震災でベランダ側の地盤が二十五センチほど沈下してしまい、建物の底部が剥き出しとなり、配水管などの配管が露出してしまった。雨水を流す側溝も大きくV字型に湾曲してしまったので、台風の時季にあって、まるで意味をなさない。
被災地の急場の復旧工事にあたっていた業者が、ようやく修繕工事に訪れてくれることになった。側溝に溜まっていた土を除いて積み上げているのを、念のため簡易型の放射線測定器で測ってみると、０・９マイクロシーベルト／時もある。念のため、自治会長と相談して、仙台市に汚染土の引き取りを問い合わせると、学校以外は１・０マイクロシーベルト以上でないと調査にも訪れることはしていない、との返事。測定器の誤差もあるし、声高に騒ぐつもりはないが、３・11以降、市民一人一人が己の身を守ることを考えなければならなくなった、と痛感する。日常が戻ってくるということは、日常の厄介さも戻ってくるということらしい。

某月某日

庭は砂利が敷かれて、大きな裂け目は目立たなくなった。

八月初めの〆切だった短篇小説が、ふた月近く遅れでようやく書き上がった。震災から一年後の、来年の三月十一日に米国、英国、日本で同時出版される東日本大震災をテーマとしたアンソロジー『ワン・イヤー・レイター』（仮題）にと、もとめられたもの。震災を日本人はどう受け止めたのか、海外から、文芸的な反応を知りたいという要望が多く寄せられて企画された。

テーマ小説というものは難しいと痛感させられた。被災地の紀行小説、東北の沿岸部の歴史小説などを試みた果てに、ジャーナリズムでは伝わらない震災の細部や、それぞれの人の微妙な思いを掬い上げるしかないと心に決めて、閑上の友人とともに訪れた「日和山」を書くことにした。翻訳の時間が少なくなってしまい、翻訳家に申し訳ない思いが切《せつ》なり。

某月某日

朝四時起床。五時半過ぎに家を出て、全線再開したばかりの仙台空港線で空港へと向かう。空港ターミナルからは海が見え、海までこんなに近かったのだということを再認識させられる。九時発の小さなプロペラ機で成田へ飛び、十二時半発のソウル便に乗り換える。仁川《インチョン》空港から午後四時半のバスで清州《チョンジュ》へ。高速バスの運転手は、演歌をかけて一緒に歌っている。おおらかで楽しい雰囲気。車窓からは満月がのぼってきた。午後七時に、清州バスターミナルへ着く。清州市は忠清北道の道庁所在地で、人口六十万人余り。待合室で待っていると、ホームステイで世話になるメルさんが、息子のスンウ君を連れてやってきた。赤いバラを差し出され「チョンジュへようこそ」と言われる。

某月某日

朝、鶏の声で目が覚める。遠くで犬も鳴いている。オンドルのおかげで暖かく、ぐっすりと眠れた。窓辺へ立ち、目の前に湖が広がっている光景を見て驚く。昨日は暗かったので気付かなかった。朝靄が立ち上って美しい。

布団を上げたところに座卓を運んで、皆で朝食。メルさん手作りの、豆の入ったごはん、スープ、野菜の炒め物、豆腐を焼いた物、韓国風漬け物、キムチなど、朝から野菜たっぷり。旦那さんの韓紙《ハンジ》作家マーブルさんは細く顎髭を伸ばして仙人のような面持ちである。

韓紙は、日本の和紙を少し厚くした風合いの紙で、丈夫なので日本画の裏貼りなどにも使われる。昨夜立ち寄った工房では、楮《こうぞ》を手漉きした紙に、独特の味わいのある絵や模様を描いて、団扇《うちわ》やランプシェード、紙のお椀や壺、屏風などといったマーブルさんの作品を見せてもらった。

食後、今回の旅の目的である「清州国際工芸ビエンナーレ」の会場へ。煙草工場だった築六十五年の建物の一階から三階までを使用した展示スペースは、じっくり見れば丸一日はかかるぐらいの規模で見応えがある。中でも、韓国作家のアバカ糸で織った長方形の立体作品、台湾の作家のレースのような繊細な金工のボウルなどに惹かれる。色鉛筆を貼り合わせて削った作品も面白い。

見終わった後、旅先では市場を覗くのが好きなのでユッコリ市場へと足を運ぶ。ここは、観光客向けのソウルの市場と違って、庶民のための市場なのだそう。サバ、イシモチ、いか、平目、貝、あわびといった魚貝類。見たことがない葉ものの野菜、小さいかぼちゃ、じゃがいも、さなぎ……。マーブルさんへの土産に、大きな包みに入った豚足を買う。一万ウォン、円高なので七百円ほど。

某月某日

韓国への旅の後半は、ソウルに滞在している。五年前に連れ合いが出展したロンドンのクラフトフェアで知り合い、小さな展示会を開いてくれた、ソウル市内の工芸店のオーナーに再会するのも今回の旅の目的である。

店は、「阿園工房《アウォンコンバン》」といい、柳の街路樹に工芸店が立ち並ぶ仁寺洞《インサドン》にあった。小さいながら三十年にもわたり、六人姉妹（！）が関わって、大切に運営してきたことが窺える繊細なセンスを感じさせる佇まいをしている。

店仕舞いしたオーナーのインジョンさんに自宅へと誘われる。伝統的な韓屋造りの家に着き、まずはマッコリで乾杯。韓紙が貼られた壁の裏から照らすほの明かりがいい雰囲気を醸し出している。画家であるご主人のソンさんは、今年五月に盛岡のギャラリーで個展をする予定だったのが、震災によって延期となってしまったと話す。

焼酎に替えて酔いが進むと、ソンさんが、おもむろに縦笛の短簫《タンソ》を吹く。しゃがれた音色が心に響く。演奏を終えると、私のセーターを見て、自分も同じ作家の物を持っている、と言う。ロンドンのクラフトフェアで一緒だった、ベルギーのオリーさんという女性の手になるセーターを着てきたソンさんと一緒に、「我ら〝セーター兄弟〟」と肩を組んでカメラにおさまると、座に爆笑が起きた。

（二〇一一年十二月）

13

春よ、来い

某月某日

韓国旅行で知り合った宮廷料理研究家の崔智恩《チェ・チウン》さんから、さつまいも澱粉でつくられた韓国春雨、韓国茶二種（桔梗の根・ナツメ・甘草が配合されたお茶と、アマドコロ茶）、干し鱈、韓国海苔、黒米など、たくさんの食材が送られてくる。崔さんは、韓国文化コーディネーターの草分け的存在で、日本の雑誌などで紹介されている韓国特集の工芸・料理の分野は、彼女の手によっていることが多い。

韓国料理というと、赤くて、辛味の強い味付けを想像していたが、ソウルの知人の自宅に招かれたときのまろやかな家庭の味に魅了された。朝食に出された、豆腐と野菜の味噌汁、イシモチの焼魚、茄子のピリ辛ナムル、エリンギやパプリカなどとりどりの野菜の蒸し煮、エゴマやキムチのお惣菜……。特別な食材を使っておらず、シンプルだが、焼き加減や和え具合、塩加減、油の量、味の濃淡など、加減がぴったりしている過不足ない味付けに感心させられた。

連れ合いもその味を知って、このところ韓国料理が食卓に並ぶようになった。今日は、太刀魚と大根の韓国風煮物。粗挽き唐辛子と粉唐辛子、すりおろしニンニク、ショウガ、ハチミツ、すりごま、醤油、ごま油、刻みネギ。この薬味で、太刀魚と下茹でした大根を煮る。何故か蟹のような風味も感じられる不思議な味わいとなった。

某月某日

午後四時過ぎに、作家仲間の中沢けいさんが東京から来訪。連れ合いが作ったフェルトのペプラムコートと桜で染めたスカーフをしている。お茶を飲んでひとしきり久闊を叙した後、三人で愛宕橋近くの寿司屋へと足を運ぶ。明日は、仙台文学館で、川端康成『雪国』について公開対談をする。その打ち合わせを兼ねて一献。

韓国に題材を取った『月の桂』という短篇集もあり、韓国への造詣が深い中沢さんから、日本と韓国の関係は以前は「恨」だったけれど、いまは「情」に変わってきているなど、韓国文化に対する興味深い話を色々と伺うことができて愉しい。

話は尽きず、震災の影響で今年いっぱいで店を閉めることになった広瀬橋のたもとにある蔵を改造したバーに場所を変えて深夜までの酒となる。

某月某日

連れ合いの個展が堺市のギャラリーで開かれているのを観に、仙台空港発のフライトで大阪行き。難波から南海電鉄高野線で北野田まで行く車中で、前の座席の女性が豚まんを食べている。大阪ではよく見かける。それから、東京に比べて大阪の電車の中では、しゃべくっている人が多い印象を受ける。タクシーの運転手さんは必ず話しかけてくる。

締切を抱えてきたので、夕方まで在廊する連れ合いを置いて、駅前の市民センターで原稿を書こうと向かおうとすると、「かわいそうやん。うちの診療所で書けばいい」と精神科医をしているオーナーのご主人の仲野先生が言う。ちょうど午後からは休診の日に当たっているというので、ありがたくご厚意に甘えることにする。

精神科の診察室は、窓が大きく切り取られていて明るく、机も大きく椅子もゆったりとしていて、すこぶる居心地がよい。別の診察室では若い医師が仮眠中とのこと。執筆がはかどって早めに書き上がり、仲野先生と仮眠していた胡桃沢医師、オーナーの貴子さんたちとの夕食に参加することができた。

仲野先生は、大きな精神病院に二十六年間勤務した後、小さなクリニックを開いた。アパート退院した統合失調症の人々の共同体であるガンバロー会の活動（毎週雑談会を持つ、月一回のハイキング、年一回の一泊旅行をする）を通じて、近代という病を抜けるやり方の道を指し示されたという話を聴きながら、今度の震災の被災地のあり方、そして近代の末期的症状が明らかとなったこれからの世界のあり方の示唆を与えられた思いを持った。

仲野先生は、道端に寝っ転がって猫との会話を試みるような人である。加賀風の懐石料理に、仲野先生おすすめの冷酒も飲み口よく、すいすいと喉をとおる。

某月某日

宿酔《ふつかよい》ぎみで起きる。と、財布が無くなっていることに気付く。昨夜は、在仙の編集者たちとの忘年会だった。花京院の家庭的な台湾料理店から国分町のカラオケバー、そして最後に高校の後輩が壱弐参横丁に新しく店を構えた古本居酒屋に顔を出したような……。昨夜の記憶をたどるが、どこで紛失したのかは見当がつかない。

五十の声を聞いてからめっきり酒が弱くなった、と反省することしきり。何気なくパソコンのメールをチェックすると、「深夜ゆえ、また携帯電話を存じ上げないゆえ、メール差し上げておきます。財布をお店に落としていかれました。さきほど掃除中に気づきました。ご心配なきよう」とのメールが来ていた。最後に立ち寄った後輩からだった。深謝。

某月某日

本来は、大晦日は何もせずに過ごすべき、とも言われるが、今年は被災した友人らとの忘年会が続き、今日が大掃除となる。と言っても、もっぱら連れ合いが天井の埃取りや窓、ソファ下などの掃除をし、小生は合歓《ねむ》の木の枝払いを受け持つ。陽が出て暖かい。

鋸を振るいながら、『炭俵』中の芭蕉と野坡の両吟による「門《かど》しめてだまつてねたる面白さ」「ひらふた（拾った）金で表がへする」という歌仙の運びを思い出し、拾うは「命を拾う」と同じ使い方ではないか、とある先達が解釈していたことが頭に浮かんだ。今年は命を拾い、暮れには財布を拾ったようなものだ。

今年は、おせちの類いはなしにして、デパートの地下でもとめた京都のきつねそばと鰊そばを半分ずつ分ける。泡盛をちびりちびりやりながら視た紅白歌合戦は、松任谷由実の「春よ、来い」がよかった。その後、途中でうたた寝してしまうのは例年のこと。

某月某日

広島県の福山から新幹線を乗り継いで新青森まで。所要時間は八時間余り。昨日は岡山県笠岡市で、この時期恒例の木山捷平短編小説賞の選考会があり、明日は青森美術館での朗読会。今日は夕刻から、そのリハーサルである。午後三時過ぎに仙台を通過するときに、自宅のある大年寺山に立っている三本の鉄塔を見上げて何とも変な気分を味わう。

のどかな瀬戸内の土地から、一転して、豪雪の東北最北の土地へ。新青森駅に降り立つと、一面に雪の壁がそそり立っているのに圧倒される。タクシー乗り場へ向かおうとすると、足下が硬く凍っていて、滑る滑る。運転手さんの話では、例年よりも多い雪に加え、除雪にあたるダンプカーが被災地へ行っているので、なかなか除雪が進まないのだという。

春よ、来い。

（二〇一二年二月）

14

港町ブルースよ

某月某日

昨夜から雪となった。起きていくと、豆を煮るにおいがしている。昨晩連れ合いが、明日は味噌を仕込むと言っていたのを思い出した。

仕事をしながら、作業を窺う。大鍋で五百グラムほどの大豆を六時間煮た後、ポテトマッシャーでつぶす。かなり力がいるようで、連れ合いがふうふう息を吐く。去年までは、近所の年長の男性に教わりながら作っていたが、今年は独力でやってみることにしたので、何かと戸惑うことが多い様子。

麹と塩を混ぜたものに、つぶした豆を加え、そこに煮汁をお玉に三杯くらい加えて混ぜる。少し堅いかな、と首を傾げながら、おにぎり状にまとめ、手のひらに叩きつけながら空気を抜く。ビニールの袋を琺瑯《ほうろう》の容器に入れ、空気を入れないようにしながら、おにぎり状の味噌を詰めていく。寒仕込みの味噌を入れた容器は、北側の部屋の味噌置き場へ。震災以降、安心できる手づくりのものの有り難みが増した、と実感することしきり。

某月某日

今年の冬は、本当に寒い日が続いている。マンションの通路に、結露した部屋の窓を伝った水滴が垂れ下がったのか、巨大ななめくじのような形状をしたつららができている。

いっぽうで、冬の間は室内に置いている椿の鉢植えの蕾がだいぶ膨らんできた。よく見ると、少し開いたところから紅色が覗いている。連れ合いの実家から分けてもらった種から、七年かかってようやく初めて蕾を付けた椿が、どんな花を付けるのか、白か赤か、侘助か太郎冠者か、などと愉しみにしてきた。花が開いてみないと確かではないが、花の時季と蕾の色からすると、一重の筒咲きで中輪の西王母かもしれない、と連れ合いが言う。

某月某日

赤い口を尖らせるようにして猪口咲きした椿は、紅侘助だった。侘助の名前の由来は諸説あるようで、豊臣秀吉が朝鮮出兵した折に持ち帰った人物の名であるとした説や、千利休の下僕でこの花を育てた人の名とする説、侘数奇に由来するという説、茶人の笠原侘助が好んだことに由来する説などがあるという。

今日も寒く、風が鳴っている音が終日聞こえている。共同玄関の集合郵便受けに向かうと、〝なめくじつらら〟が通路にまた増えている。

某月某日

寒さに肩がすっかり強ばってしまったので、Fさんのマッサージにかかる。

坐業という仕事柄、肩凝りには悩まされるので、締切のピークの月末を乗り越えるとかかるようになって、十年近くになる。六十過ぎの男性のFさんとは、落語が共通の趣味なので、いつもはマッサージを受けながら落語のCDをかけてもらったり、贔屓だという志ん朝をはじめ落語家談義をしたりするが、今回は、震災後初めてなので、自ずと震災時の話題となる。

Ｆさんは治療しているさいちゅうに被災したものの、患者さんに怪我はなく、本人も無事だったとのこと。散乱した部屋の片付けは、ときおり顔を出してくれる親戚の人にしてもらい、その人のところへ翌日から二週間避難していたとのこと。元気そうで安心した。

某月某日

岡山から乗った上りの各駅停車の新幹線を掛川で降り、在来線で焼津まで行く。

毎年この時季に、岡山県笠岡市での文学賞の授賞式に赴くさいに、時間が許せば、私は俄〝てっちゃん〟となって、ついでにどこへ行こうかと路線図とにらめっこする。今回は、一度乗ってみたかった伯備線で松江まで足を延ばした。長駆仙台まで戻る途中、どこか乗車券の区間内で途中下車して一泊しようと考えていた。松江ゆかりの小泉八雲が、焼津の海を愛していたことを思い出して、そうだ、八雲つながりで焼津にしようか、ちょうど道中の中間あたりになるし、と新幹線の車中で思い当たったのである。

山陰の灰色の空を見てきた身に、東海の明るい光がことさらまぶしく感じられる。折から、最高気温は二十三度まで上がり、いっぺんに春本番の趣。駅前のビジネスホテルに宿を取り、歩いて二十分ほどの港までぶらぶら歩いてみる。

漁船が碇泊している岸壁を歩きながら、港町が元気なのはいい、と痛感させられ、涙腺が緩みそうになる。しかしここも、民家がずいぶん海近くまで立っているんだなあ、とも眺め渡す。

♪出船　入船　別れ船

あなた乗せない　帰り船
うしろ姿も　他人のそら似
港　三崎　焼津に　御前崎
『港町ブルース』の、焼津が出てくる三番の歌詞を頭の中で諳《そら》んじてみる。
（二番は、「宮古、釜石、気仙沼」と続くんだったな……）
港　港町ブルースよ！

某月某日
震災から一年経った。午後二時四十六分。仕事の手を止めて、連れ合いとともに、海のほうへ手を合わせる。静かな一日だった。

某月某日
作家の中沢けいさんと、閖上を歩く。ぽつりぽつりと、撤去を待っている船が船底を陸地にさらしているのを見て、港の規模はちがっても、先日歩いた焼津の風景と二重写しとなってしまう。
家の土台だけが残っている区画のところどころに花と線香が手向けられ、そぼ降る雨に打たれている。案内してくれた、塾を開いていた自宅を流された友人Kの、「どうにか一年経って、自信とまでは言えないけれど、ともかく一日一日を、一年は積み重ねることができたっていう思いがある」という言葉に、深く頷かされる。
横浜の釣船屋に生まれ、房総で育った中沢さんは、よく両親から津波の話を聞かされたという。

幼い頃に見た津波の夢が、今回のそれとそっくりだったとも。

某月某日

いただいた内館牧子さんの新刊『二月の雪、三月の風、四月の雨が輝く五月をつくる』を読んでいると、高校生の頃に通った喫茶店『田園』の話が出てきて懐かしくなる。

店内には、巨大な家具か楽器かという外見をしたＪＢＬのパラゴンなるスピーカーが鎮座しており、クラシック音楽ファンで賑わっていたものだった。学生風の男が薄暗い中で顔を顰《しか》めて本を読んでいたり、中年の男が、音楽に合わせて指先だけで指揮の真似事をしていたり、並んで座ったカップルが手を握り合ったままでいたり……。初老の紳士が午睡している姿もあった。

何とその店は、内館さんの叔父さんが開いた店で、内館さんが継ぐという話もあったという。今度対談する内館さんから『田園』の話を聞くのが楽しみになった。

（二〇一二年四月）

15 貞山堀を歩く

某月某日

上りの東北新幹線を小山で両毛線に乗り換えて、足利へ。客もまばらで、車窓越しの春の陽射しについ眠気を誘われる。ところどころで梅が咲いている。こんなのんびりとした旅心地は、ずいぶんとひさしぶりに思える。「新生考創・それぞれの3・11から」と題するグループ展に、連れ合いの作品の展示もぜひ、とギャラリー『いまぁじん』のオーナーの加藤さんに誘われた。他のメンバーは、笠間焼の三人の陶芸家たちで、茨城県の笠間も昨年の震災による被害は大きく、陶芸家たちの窯も壊れてしまったという。

日本国内にただ一つ現代に残る日本最古の学校といわれる史跡足利学校のそばにあった、という五年前の記憶をたよりに、足利駅から足を向かわせると、十五分ほど歩いて古民家を改装した店に迷わず着くことができた。

震災直後のライフラインが途絶えた生活のさなか、加藤さんからは、地元で評判だというコーヒー豆をはじめ、ほうじ茶や乾物類など多くの救援物資を送っていただき、ほんとうにありがたかった。そのお礼を伝えなければ、と足を運んだのである。前に来た時に買い求め、気に入って晩酌で使っている笠間焼の盃の作者も出展しているので、もしかしたら会えるかと期待していたが、あいにく東京に急用ができたとのことで残念。

某月某日
栃木県の足利駅から両毛線を渡良瀬川沿いに上流へ三駅遡ると、群馬県の桐生駅となる。昨晩はその駅隣のビジネスホテルに宿を取った。朝、ホテルの窓の向こうに駅の高架ホームが見え、渡良瀬渓谷へと向かうトロッコ列車が停車している。一度乗ってみたいと願っているが、今回は他用があるので我慢。
朝食後、水道山の中腹にある大川美術館へと歩いて向かう。思ったよりも早く着き、開館まで三十分ほど時間があるので、隣の雑木林のベンチに座って待つことにする。ほうぼうから野鳥の啼き声が聞こえてくる。「ツィピーツィピーツィピー」と四十雀。「ピリーリー」と啼いているのはオオルリだろう。ウグイスの笹鳴き。「ギーギー」と戸が軋むような音のほうを見遣ると、コゲラが赤松の幹を突いている。その向こうの山桜の枝に、嘴が黄色いイカルがじっと止まっている。青い翼の尾長の集団が飛び交う……。昨日の両毛線の車中といい、こんなのんびりとした時間が持てる幸福をつくづく想う。
松本竣介の画の収蔵で知られる大川美術館は、山の斜面を利用して、建物が目立つことなく周囲の自然の景観と融け合うかのように下へと潜っている潜水艦のような外観をしている。館内のレンズのような丸い小窓から、さっきいた雑木林が上の方に仰ぎ見えるのが面白い。

某月某日
午前十時に、『仙台学』編集長の千葉由香さん、カメラマンの佐々木隆二さんが拙宅に迎えにきて貞山堀の取材へと赴く。千葉さんの運転で、まず亘理町の鳥の海を目指す。

阿武隈川河口のヨシ原で、釣舟を修理している人たちを見かける。車を降りて向かうと、青みがかった暗灰色をしたゴイサギらしい鳥が草むらから飛び立った。話を聞くと、震災で壊れてしまった舟を修理して、ウナギ漁に使うつもりだという。県内沖で捕れたスズキから基準値を超える放射性セシウムが検出され、水揚げの自粛が要請されているとあって、やりきれない口調が滲む。「ウナギも捕ったって、自分たちで食べるしかねえもんなあ」

その後、亘理大橋を岩沼側へと渡り、貞山堀の最南端の新浜水門に立つ。岩沼から石巻にかけての沿岸部を流れている貞山運河は、江戸時代から明治時代にかけて、何度かの工事によって造られた日本最長の運河群だが、私には貞山堀という呼び名の方が慣れ親しみがある。

某月某日

一日置いた今日は、貞山堀取材の二日目。一昨日は、新浜水門から閖上《ゆりあげ》の広浦を経て、七北田川河口手前の南蒲生浄化センターまでをところどころ車を降りて歩いた。折しも春の陽気に恵まれて、春風駘蕩《しゅんぷうたいとう》とした春の堤を行く趣だが、もちろん周囲は、昨年の地震と津波の爪痕がまだ色濃く残っているところばかりである。

今日は、七北田川を渡った蒲生の日和山を振り出しに、仙台港から多賀城を塩釜港へ、そして東松島市の東名から野蒜築港跡を経て、石巻の旧北上川と接する石井閘門《こうもん》までを行く予定。津波で流されてしまった日和山の跡に立ち竦むと、蔵王の山々まで眺望がひろがった。

某月某日

昼前の新幹線で盛岡まで行き、岩手県立美術館を皮切りに、全国で巡回される『松本竣介展』のオープニングに参加する。美術館のレストランでカレーピラフの昼食を摂っていると、奥の席から白髪の紳士が立ってきて初対面の挨拶をされる。松本竣介のご子息で建築家の松本莞《かん》氏だった。ちなみに、大川美術館を設計したのも氏である。

八月に宮城県美術館に巡回してくるときには、莞氏と公開対談することになっているので、亡父についての思い出をうかがうのを楽しみにしている。竣介の『運河風景』を眺めながら、先日見て回った貞山運河の風景が二重写しとなった。

某月某日

連休の狭間、仕事場の水洗トイレの水が止まらなくなってしまった。タンクの重たい蓋を開けてみると、オーバーフロー管が折れており、フロート弁の黒いゴムも老朽化してべたべたしている。取りあえずドライバーで止水栓を締め、後は業者に頼まなければと思うが、連休中なので来てもらえるだろうか、と思い悩む。

五年前に自宅のトイレの修理をしてもらった会社の領収書を探して電話をすると、メーカーの修理マンと連絡を取ってくれ、ちょうど近くにいるので、これから来てもらえるとのこと。部品を交換してもらい、小一時間ほどで修理完了。親切な対応に感謝しながら、自分が電気設備のメンテナンスの仕事をしていた二十代の頃も、連休や年末年始に緊急に呼び出されることが多かった、と振り返る。そうした誰かがいることで、我々の日常生活は保たれている。

某月某日

連休明けの休日、みたび貞山堀に来ている。新浜水門から、今日は連れ合いと二人で、出来るだけ歩いてみるつもり。菜の花の黄色。からすのえんどうの紫色。花の色がやけに鮮やかに映る。水面は波立ち、鴨の番《つが》いが飛び立つ。せきれいの番いもいる。燕の群れ。

防潮防風林が失われたためか、風が強い。松が倒れ、その下で砂をかぶり枯れた藪が続いている光景は、戦地は知らないけれど戦地のようだ、と連れ合いが言う。実生の松の芽が数センチだけ出ているのに目を留め、岸の両側に白砂青松と田んぼのみどりが広がる貞山堀の風景が戻ってくることを祈念した。

（二〇一一年六月）

16 ムカデ退治

某月某日

休日なので少し寝坊をする。起きると、五月《ごがつ》晴れのよい天気である。遅い朝食を摂った後、梅雨に入る前にと、連れ合いがベランダの掃除をはじめる。手伝いたいところだが、〆切が差し迫っているので仕事場へと足を向かわせる。

震災をきっかけとして、朝日新聞紙上で交わすことになった古井由吉氏との往復書簡が七月に刊行される運びとなり、そのはしがきを執筆する。昨年の三月、母を新潟経由で首都圏の身内の元へと送り届け、帰りは新聞社の取材を受けるかたがた、緊急車輌に同乗させてもらうこととなった。東北自動車道のＳＡで一緒に昼食の蕎麦を啜っていた新聞記者のＴ氏に、古井由吉氏と往復書簡が交わせないだろうか、と相談したのだった……。

そんな経緯を振り返りながら、筆を進めていると、連れ合いが顔を出し、自宅のベランダの植木鉢の下に大きなムカデがいた、と興奮した口調で言う。身体が藍色で、頭と尻尾がオレンジ色。これぐらいの大きさ、と親指と人差し指を開いて見せたのによると、十センチぐらいだろうか。

某月某日

昨日のムカデは、残念ながら庭のほうへと逃げられてしまった。昨晩、ネットで調べてみると、色と大きさから、オオムカデ科のトビズムカデと判明。〈日本最大のムカデで、雑木林の林床周辺で見られるが、人家内に侵入することも多く、不用意に掴むと大あごで噛みつかれるので要注意〉だという。

これは大変だと、今日はベランダに置いてある木のベンチを動かして、その下に潜んでいないかどうかを探してみることに。すると、ナメクジ、ゴキブリとともに、いる、いる、いる。やはり、色鮮やかなトビズムカデ。そばにあった箒で叩こうとしたが、たくさんの足ですばしっこく動くので、なかなか当たらない。

ネットの記載にあった、「絶対に後ろに下がらない（後退しない）」性質から、戦国時代にはムカデにあやかり、甲冑や刀装具等にムカデのデザインを取り入れた、というのもさもありなん、と納得させられる。ちなみに、伊達政宗の従兄弟で亘理伊達氏の当主だった伊達成実《だてしげざね》も、兜の前立にムカデのデザインを取り入れている。結局、今日も庭へと逃げられてしまい、ムカデ退治は失敗。

某月某日

このところムカデを見かけない。その代わりに、ムカデのことが書いてあったのを思い出して、庄野潤三『夕べの雲』を読み返している。同じ経験をしたことで、小説世界がさらに親しいものとなることもある、と実感させられながら。

「して、かの物は今夜も出ましたかな？」と、シェークスピアの「ハムレット」の引用が絶妙なおかしみを感じさせる。細君は枕にしていた座布団で、畳の上の子ムカデを一撃の下に退治したりする。ちょうど、庄野さんの千壽子夫人から、香りのよい大きなデニッシュパンが送られてきたので、連れ合いが礼状にムカデのことを書き添えて出す。

某月某日

梅雨の晴れ間である五月晴《さつき》に恵まれる。

散歩がてら山から下りると、坂の路傍の雑草に交じって赤紫色の蛍袋が咲いているのに気付く。昔、子供が蛍をつかまえてこの花に入れて遊んだことに和名は由来するというが、釣り鐘状の花は見ていて愉しい趣がある。

夜、借りてきたＤＶＤで『今そこにある危機』を観る。紛争や戦争の名の元に、陰で動く政治というものに、震災以降、改めて思いを至らされることとなった、と観ていると部屋の隅にムカデが。急いで蝿叩きを手に向かうが、素早く畳の隙間から潜られてしまう。畳を上げて探すのも大変なので、まずは刺されないことを祈って暮らすしかないと諦める。

某月某日

昼前の新幹線で、甲府行き。新宿から乗った特急あずさ号が中央線沿線を通過すると、かつて住んでいた街のあれこれが懐かしい。

午後三時半頃、甲府着。薄曇りで蒸し暑い。さすがは夏の暑さで知られる甲府盆地、今日も三十度はゆうに超しているだろう。駅前のホテルにチェックインし、夕刻まで休んでから、駅の反対側へ行き、平和通りをぶらぶら歩くと、郷土料理店を見かけ、入ってみることにする。ビールと、ほうとう、馬刺し、煮貝、漬け物のついたセットに鶏もつ煮を注文する。きんきんに冷えたビールがうまいが、もつ煮に金柑卵が入っておらず、残念！
本場のほうとうは、ごった煮の見た目以上においしく、カボチャなどの野菜も味噌味と腰の強い麺に意外と合っていた。帰り際に、横丁を通ると、風鈴が涼しげな音を立てていて風情があった。

某月某日
朝十時に山梨文学館のKさんがホテルに迎えにくる。文学館は、駅から車で十分ほどの芸術の森公園にあり、美術館に隣接している。
講演の前に、美術館へと足を運ぶことにする。公園内の植木は、とんがり帽子や台形の形に整えられて並んでいるのが面白い。我が家の庭の合歓はまだだが、ここではすでに咲いている。バルビゾンの森を模した庭には、クスノキ、ケヤキとともにカシが目立つ。甲府市の市木はカシだと聞いて納得。
ミレーは、二十歳の頃に私の心を多く惹き付けた画家だった。私が新人賞を受けてデビューしたのは「木を接ぐ」という小説だが、それはミレーの『木を接ぐ男』という画から題名を得ているほどである。初心に立ち戻った思いで館を後にし、文学館での講演の枕ではミレーのことを話す。

某月某日
祝日の今日は、梅雨明け間近を思わせる晴天となった。朝八時半のバスで街へ出て、チネ・ラヴィータで一日一回だけの上映の『道　白磁の人』を観る。その前に、喫茶店でモーニングを食べると、旅先にいるような気分を味わう。生活の中の小旅行。

映画は、朝鮮半島で植林事業や民芸を研究し、四十歳という若さでこの世を去った浅川巧の生涯が史実に基づいて描かれ、浅川の同僚技師を演じた韓国俳優のペ・スビンが存在感があってよかった。後妻となる酒井若菜も好演しており、『木更津キャッツアイ』から何年になるのか、成長ぶりが窺われた。

観終わって、おばあさんと孫娘と見受けられる二人が、日本の韓国への植民地支配について、「どうして教科書に載ってないの。やられたことは書いてあるのに、自分たちがやったことは書いていないのは、ずるいじゃん」「豊臣秀吉の時代からそうだったからねえ」と会話をしていた。

某月某日

今が旬の新潟産の豆鯵が十四、百五十円で売っていた、と連れ合いが買ってきた。南蛮漬けにすることにして、下処理を受け持つ。ぜいごを取っているうちに、何だか小さなムカデのように見えてきて、ムカデ退治の続きをしているような心地となる。

（二〇一二年八月）

17

十九年ぶりの鶴岡

某月某日

仕事場の隣室で、ラジオを聴きながら編み機を動かしていた連れ合いが、「東北地方も梅雨明けをした模様だって」と知らせてくれる。東京から九日ほど遅れたが、その間、夏男である私は、連日〝勝手に梅雨明け宣言〟をして、虚しくビールを飲んでいた。

本当の梅雨明けとなれば、何はともあれ、ビールに鰹である。夕刻を待ち切れず、さっそく山を下りてスーパーへ買い物に出かける。途中の坂道には、山百合の花がたくさん咲いている。

夕飯は、冷やし中華に鰹のたたき、中華キュウリ、いかめんたい、ほうれん草のおひたし、そしてビール。食後には、小玉スイカと小豆寒天、ほうじ茶。寝る前に、玄関の戸締まりをしようとすると、外廊下の壁に、山繭らしい大きな蛾がとまっていた。

某月某日

今日も暑い一日となった。生誕百年を記念して全国を巡回している「松本竣介展」が、宮城県美術館でのオープニングを迎え、ご子息で建築家の松本莞さんと対談をする。

ざっと展示を観た後、応接室でスパゲッティの昼食を摂りながら、打ち合わせかたがた、松本莞さんと奥様、息子さんらと会話する。

「父、竣介が亡くなったのは、私が九歳のときでした。子供ながらに、父の顔を記憶しておきたいと思っていたことを思い出します。でもいつの間にか、記憶が複合されて自画像に描かれている顔になってしまうんです。

竣介は外出するとき、いつもきちんとしていました。そうしないと厄介なことに巻き込まれるという戦中の時代背景もあったと思います。おまけに耳が聞こえませんでしたし。ホームスパンの上着に茄子紺のワイシャツ、白いネクタイ、チャコールグレーのスラックス、といった感じです。手先が器用だったので、ミシンを踏んで直すこともありました。裾を切り落としたり、また付けたり……」

身内しか知らない、そんな貴重な話を伺いながら、〈現実生活の一部分にでも共感することがなかったなら文章も絵も作られはしない〉という竣介の遺した言葉が思い出された。

某月某日

お盆と、灯籠流しも終わり、ようやく遅い夏休みを取ることができた。

宮城交通バスセンターから、鶴岡行き高速バスに乗る。二時間二十分の道のりは、葛の花が目立つ。バスから降りると、日本海側はさらに大気が暑く、重ったるく感じられる。ＪＲ鶴岡駅前のホテルにチェックインし、隣は昔ながらの米蔵で、甍の波が見下ろせる部屋で小憩した後、日がだいぶ傾いたのを見計らって、市中を散策してみる。

湯野浜温泉への道すがらに通ったことはあったが、ゆっくりと街中を歩くのはずいぶんひさしぶりだ、と記憶を探ってみると、何と十九年ぶり。その歳月には、何ともいえぬ感慨がある。

前に訪れた当時、私は気鬱がひどく、連れ合いの運転する車でただ運ばれているといくぶん鬱屈が紛れたので、彼女が生活費を得るために引き受けていたPR誌の取材でシナノキの皮から作られる科布で帽子を作っているデザイナーの工房を訪ねるのに、カメラマンとして同行したのだった。工房を辞去するときに、連れ合いの軽自動車の中に蒲団が積んであるのを、デザイナーが半ば呆れたような驚いた顔で見ていたものだった。……

鶴岡駅近くのたたずまいは変わっていたが、内川の辺りは以前の面影を残していて懐かしい。流れにゆらいでいる藻がきれいだ。鴨や家鴨が泳ぎ、水中に目を凝らすと大きな鯉が泳いでいるのも見える。この内川は、藤沢周平の〝海坂もの〟と呼ばれる小説に登場する「五間川」のモデルとなったと言われている。川べりのタネ屋の軒先の朝顔、川面に垂れたしだれ柳が風にそよぐ様に、江戸情緒を覚えた。

十九年前に昼を食べた記憶のある、この地が生んだ横綱柏戸ゆかりの寿司屋を探して行くと、改装されていたものの見つけることができた。カウンターに席を取り、お通しのだだちゃ豆にはじまり、日本海の魚に舌鼓を打つ。寿司飯が口の中でほろける。後ろの座敷で、関西訛りの若者が、阪神大震災のときに親類を亡くした、という話をしている。

「だだちゃ豆は、これからお盆過ぎがおいしいんです」と親方が言った。

某月某日

鶴岡二日目。今日も朝から陽差しが強い。荷物をホテルに預け、バスで鶴岡公園内の藤沢周平記念館へと向かう。

東京から移築再現したという、愛用品に囲まれた意外とこぢんまりとした書斎などを眺めながら、連れ合いが、山形で修業した草木染の師匠が、藤沢周平にいっぺん会ってみたかった、と口にしていたことを話した。「藤沢さん、山形には女の怪物がいる、って常々言ってたんですって。それが、師匠のことだったの」

ホテルに引き返し、荷物を受け取ってから再びバスで湯田川温泉まで。三十分ほどの道のりは、田んぼとだだちゃ豆の畑が多い。宿は、藤沢周平も好んだという旅館に取ることにした。藤沢周平、本名小菅留治は、湯田川中学校の教員として二年間教鞭をとり、その時の教え子が、当館の女将だという。

一つだけ持ち込むこととなった短い原稿の執筆を終わらせた後、『蝉しぐれ』の映画のＤＶＤを借りて観る。宿の周りでも、蝉がよく鳴いている。

某月某日

定禅寺ストリートジャズフェスティバルを翌日に控え、乗ったタクシーが街中の渋滞に巻き込まれる。運転手さんから、交通渋滞とは別のぼやきが漏れた。「よそから来ているお客さんたちに、仙台は震災バブルで景気がいいんだってね、と口々に話しかけられるんです。外車の売れ行きや、デパートの売り上げが伸びているって話は聞きますけど、それは一部の人だったり、震災で壊れたり流されたりしてしまった生活用品を新しく買い揃える必要に駆られてでしょう。おまけに、あたしたちの商売まで儲かってるように言われると、反論したくもなりますよ」

確かに、酒屋の蔵を改造してバーを開いていた知人は、大家が蔵の取り壊しを決めたので、店を仕舞わざるを得なくなってしまったり、老舗の判子店が、工場が被災し事業再開が見込めないということで廃業することとなった、という地元の話も聞く。複雑な思いに駆られていると、運転手さんが続けた。「兄が仮設住宅にいるんですけど、風呂がやっと追い焚きできるようになったって喜んでるんです。津波の被災地は、まだまだそんな状態なんです」

某月某日

仙台短篇映画祭で、マルグリット・デュラスが監督した短編映画の上映に続いて行われたシネマトークで、Ｋａｐｐｏの映画評でもおなじみの大和晶さんと対談をする。じっくり話をするのははじめてだが、同じ雑誌の常連執筆者同士ということで、親しみが湧く。

そんな縁も取り持ってくれたＫａｐｐｏの祝十周年！

（二〇一二年十月）

18 住居の音空間

某月某日

残暑も凌ぎやすくなり、秋風が吹きはじめた休日、集合住宅の自宅の六畳の居間の畳替えをした。十四年前にノルウェーから帰国して住み始めて以来、一度も表替えも裏返しもすることがなく暮らしてきたので、畳床もすっかり傷んでしまっており、全部を取り替える新調をしてもらうことになった。

大河原町から来てくれた畳屋の若い職人が古い畳を上げると、便所虫（ダンゴムシ）が一匹いたのみで、梅雨の時季に畳の下に潜り込まれてしまったムカデは、姿を消していた。代わりに、煙草の吸い殻が一本。こんなところに吸い殻が、と驚いている連れ合いに、自分が電気工として仕事をしていた経験上、職人はこうやってイタズラがてら自分の痕跡を残しておきたいものなんだよ、と説明する。

その自分の声が、鉄筋コンクリートの床が露わになった空間では、硬く撥ね返されて、連れ合いとの日常の会話もどこか刺刺しさを帯びるように感じられる。ふと、コンクリートの打ち放しの建築がもてはやされたバブルの時期の人の声はこんなふうではなかったか、と思いが向かう。

一方で、自宅近くの茶会に用いられている明治期の木造屋敷の茂ヶ崎庵の座敷で話をする機会があったさいに、自分の声が畳や壁、天井に柔らかく吸収される感があり、我ながら自然な口調に、話しながら自らも耳を傾けるような心地となったことも思い出した。学校でのいじめの問題も、現在では校舎の主流となった鉄筋コンクリートの空間の硬く反響する空間によって苛立ちや拒絶も倍加しているのではないか、とも。

夜になって出来上がった新畳を敷き詰めに来た若者は、「去年の夏は、津波に被災した人たちが住むことになった集合住宅のリフォームに携わって、親父と一緒に一六〇〇枚の新畳入れ替えをして、てんてこ舞いでした」。

もらった畳の半端を寝室の枕元に立てかけて、青畳のいい匂いを嗅ぎながら眠る。

某月某日

秋分の日。震災の時に石油ストーブを持ってきてくれた伊東君、同人誌『麦笛』の若い書き手の秋山君、小池君、そして彼等の兄貴的存在で、閖上で津波に被災し現在は仮設住宅で寺子屋を開いている工藤君、姐御的存在の古本屋「火星の庭」の前野さん等、若者たちを家に招いての酒宴を夕刻より張る。いつもの卓袱台《ちゃぶだい》に加えて、仕事場からもう一つ炬燵机を運んで準備する。

秋山君、小池君、前野さんは自転車で来訪。あの坂道をよくもまあ、さすがは若者、と感心する。内装の仕事をしながら空家となった室内の写真を撮り続けている伊東君は、七ヶ宿町での現場を終えてきたということで、遅れての参加となる。驚いたことに、先日の畳屋の若者とも現場で一緒だったとのこと。

連れ合いが支度した〝アジア風〟メニューは、タンドリーチキン、さきいかと切り干し大根の韓国風あえもの、中華キュウリ、卵とトマトの炒め物、麻婆豆腐（小池君は、一番大好きな食べ物だというのでよかった）、エビ水餃子（秋山君がいくつもおかわりする）、つまみにプルーン、チーズ、枝付き干しぶどう。前野さんからの塩辛と牛タンスモーク、豆腐の漬け物。工藤君手造りの茹で鶏、干しがれい……と御馳走とともに、ビール、酎ハイ、日本酒、マッコリ、紹興酒、ウィスキーが並んだ。デザートはロザリオ葡萄。談論風発、午後十一時半にお開きとなる。

某月某日

小雨の一日。昼過ぎにノルウェーから一時帰国した吉田幹子さんが来る。吉田さんは、連れ合いが留学生として学んだオスロの美術大学の先輩で、滞在中に一度、お宅へ招いていただいたことがあった。

私たちが住んでいた頃のノルウェーは、まだ治安が良かったが、今は夜間の一人歩きが危険な地域も増えており、その一方で、ＥＵ不況を尻目に景気は良く、オスロでは高級レストランの開店が目立ち、移民の流入も増えているという。ノルウェー語を学ぶ学校に行くと、一日五千円の手当がもらえる、という話に驚かされる。確かに、ノルウェー語が話せるようになれば労働力となり、日本の生活保護制度よりも有効かも知れない。

話は自ずと、昨年の東日本大震災とノルウェーで起きた連続テロの話題となる。十四年ぶりの再会となるが、吉田さんの雰囲気は変わっておらず、慣れているせいか背凭れに手をのせてソファに座る姿が自然で、様になっていた。

某月某日

秋晴れの好天に恵まれた。半日仕事をしてから、仙台駅前発午後二時十分の高速バスで鳴子へ行く。

高速バスからの風景は、背高泡立草が目立つ。原発事故で休耕中の田んぼでは背高泡立草が大量に繁殖しているという話を思い出す。高速を降りたバスが川渡温泉近くに差しかかると、稲刈りが済んだ田んぼに、稲藁がアポロチョコのような円錐形に積まれているのが可愛らしい。

鳴子の湯は、硫黄のにおいが強く、まさしく温泉に浸かった、という気分がする。疲れがじわーっと出てくる。宿の古い木造の建物で横になっていると、隣や階下の物音やぼそぼそした話し声が聞こえてきて、生家に住んでいた子供の頃はこうだった、と思い出す。扉を閉める音、廊下を歩くときの振動、外の小径を歩く人の声……。

文学賞の選考会が控えているので、酒はほどほどにして、何度も湯に行きながら、候補作をひたすら読む。

某月某日

選考会のため、上京。秋の行楽シーズンとぶつかっているためか、いつも使っているホテルが満室で、同じ系列の中央線の武蔵境駅前にあるホテルに宿を取る。新幹線を東京駅で降りると、いつもにもまして人出が多い。五年に及んだ東京駅の保存・復元工事が終わり、大正期の創建当初の外観に戻った赤れんが駅舎を見に来た人たちで賑わっているのだと察しがついた。

せっかくなので、丸の内口へと出てみると、ずっと掛けられていた工事の覆いが取り払われて、偉容があらわれていた。写真を撮っている人群れに交じって、私も宮城県の雄勝産スレートを使っているという黒屋根に向けてＰＨＳでパチリと一枚。

某月某日

黄葉が見事な銀杏並木を見ながらＤａｔｅ ｆｍへ足を運ぶ。Ｒａｄｉｏ Ｋａｐｐｏに、荒蝦夷の千葉由香さんとともにゲストに招かれて、新刊の『旅随筆集　麦の冒険』（荒蝦夷）についての話をする。パーソナリティの三浦奈々依さんは、本誌でも「みちのく神様散歩」を連載中だが、その三浦さんから広瀬橋のたもとにある旅立稲荷神社の元宮司さんにお目にかかった話が出て、話が弾む。幼稚園児だったときに、七五三のお祓いを集団でしてもらったものだった。

今でも上京するときには、新幹線が広瀬川を渡る寸前、左手の神社の社殿の後ろに聳える大欅に目をやって、旅の安全を祈る心地となる。

（二〇一二年十二月）

19

星座小説

某月某日

庭の枝垂れ桜の葉が落ちて、沿岸部の瓦礫処理場の煙が見通せるようになった。先週から、息が白く見えるようになった。残暑が続いていたと思うと、秋を通り越して、あっという間に冬になってしまった印象がある。

午前中は、集合住宅の排水管の超高圧洗浄がある。三人がかりで、台所、浴室、洗濯パン、洗面台より特殊な洗浄ワイヤーを排水管内に挿入し、先端のノズルから高圧水を噴射させて管内に付着する汚れを削ぎ落としていく。建物を人間にたとえるなら、さしずめ血管に詰まっているコレステロールを取り除いているといったところか。

いままでは電気膝掛けでどうにかしのいでいたが、今日から仕事場の暖房を入れた。夜は湯豆腐にしようと思っていたが、高圧洗浄の音がうるさかったせいか、豆腐屋さんが来たことに気が付かず、少しがっかりする。

某月某日

仕事場の庭に鳥がたくさんやって来た。メジロ、シジュウカラ、ジョウビタキ、スズメ……、と目を向けていると、地震があった。朝方にも地震で起こされ、このところまたしばしば揺れる、と連れ合いと話す。

暗くなってから自宅へ戻ると、空気が澄んできたのか、窓から見る街の灯りも、瞬きを増すようになった。

某月某日

明日から銀座で個展がある連れ合いとともに朝早く上京する。この数日、寝不足になりながら追い込みにかかっていた連れ合いは、新幹線に乗ると、何とかここまでたどり着いた、とほっとして爆睡。

上野で降り、「近場で済みませんが荷物が多いので」と断って乗り込んだタクシーで池之端の宿まで。上野公園は紅葉が残っていて鮮やかだ。宿に荷物を預けて、根津駅まで歩き、地下鉄で銀座へ向かう。ギャラリーは、銀座通りからちょっと奥まった裏通りにある、昭和七年に竣工された個性的なビルの四階の一室。エレベーターは、外側の「乗場ドア」と内側の蛇腹式の黄色い「篭ドア」の二つを手動で開ける。

搬入と飾り付けは夕刻に終わり、近くのハゲ天で天ぷら定食の夕飯を摂ってからホテルへ戻る。帰りは手ぶらなので、上野の不忍池の中を歩いて通って行く。

某月某日

連れ合いの個展の手伝いは昨日で終わり、今日から八日間は、自分の仕事のための缶詰となる。来年の二月末に刊行予定の長篇小説の単行本のゲラ直しと、ギリギリの〆切が十日後に迫っている星座をテーマとした短篇小説を執筆しなければならないが、短篇のほうは、まだアイデアが浮かばない状態。

文芸誌の新年に書店に並ぶ号で、十二人の作家が自身の生まれた星座を題材に短篇を書き上げるという特集が組まれ、蟹座の小生も依頼を受けた。参考までにと手渡された、女性誌などで多くの支持を集めているという鏡リュウジ氏の占いによれば、二〇一三年の蟹座の運勢は次のとおり。

「この時期は幸運を示す木星があなたの無意識を示す領域を通過しているので、その心のデリケートなところが前面に出てくるときだ。ちょっとしたことで妄想的になってしまったり、過去の失敗の後味の悪さや罪悪感が表面化してくる、というようなことも。心の古傷が痛む、といったところだろう。それはつらいことかもしれないが、逆に心のなかをクレンジングするチャンスだといえる。見ないふりをしてきた過去を見つめ直してみるときだといえる。(後略)」

うーん……、と吐息が一つ。

某月某日
宿泊している宿には、温泉になっている大浴場があるので、部屋の清掃をしてもらっている間に昼風呂に浸かる。
大理石風呂と檜風呂の二種類があり、男女が日替わりで入れ替わる。今日は大きめのほうの大理石風呂。東京都内の温泉全般の特徴である重炭酸ソーダの湯だというが、黒っぽくなく黄褐色透明なのは濾過しているせいだろう。ツルツルした感触がする。のんびり湯船に浸かっていると、少しずつ短篇のかたちが見えてくる。

見ないふりをしてきた過去、という言葉から、記憶を喪失した主人公にしてはどうか、と考えが浮かぶ。二十年ほど前に、薬の包み紙にしてあった新聞の記事で、山中で記憶を失った人の話を偶然目にしてから、いつか小説にしたい、とずっと温めて想像をふくらませてきた。いよいよ、そのテーマで書くときが来たのかも知れない。

某月某日

深夜、隣接している動物園のほうから獣が咆哮する声が聞こえてきて目を覚ます。

窓越しに、動物園の樹間の明るみに目を注ぐと、三日月とは反対に左側が光る、傾いた細い月の形が見えている。すっかり習わしとなっている月の暦を諳《そら》んじて、今日は神無月の二十六夜だったことを思い出す。

江戸時代には、二十六夜待ちという風習があり、主に旧暦の一月と七月の二十六日の深更に出る月を待ち受けて、江戸では老若男女が愛宕山や高輪、湯島といった高台に集ったという。この夜の月光のなかには、阿弥陀、観音、勢至の三尊の姿が現れるので御利益があるとされる。

短篇では、記憶を失った男が、出会った女と、知らずうちに二十六夜待ちをしている姿を描こうと思いが決まる。後は星座をどう使うかだ。我に返った七月の日が仮の誕生日となったので、女に星座を訊かれて「とりあえず蟹座」と素っ気なくつぶやく男の科白が頭の中で響いた。

某月某日

「二十六夜待ち」と題した短篇をどうにか脱稿する。他の十一名はすでに書き上げており、一人だけ〆切に間に合わなければ、釈明文を書いてもらいそれを載せる、と編集長に脅されていたので、まずはよかった。
小説を書き上げた後は、いつものことながら、自分だけで書いたとはとうてい思えない心地となる。今度も、宿を取った上野界隈を舞台にした漱石や鴎外の作品に出てくる男女の姿がこちらに雪崩れ込んで来て、作の着想が生まれたように思える。ともあれ、年内の大きな〆切が終わった。

某月某日
今年の正月は、温泉旅館風に茶の間に布団を運び敷いて、テレビで映画を観ながら寝に就き、朝は寝坊正月となる。
三が日は、海岸の瓦礫処理の煙も出ていない。寒いが、晴れの日が続き、雀がいつも庭にきている。
「我が家の狭い庭先の枝垂れ桜の枯枝に、たくさんの雀が群がってとまっている。まるで葉っぱのように。それを見て、雀の木か、と笑みがこぼれた。雀が安心しきって遊びに来る家の住人であることが、今年の日々の願いである」と年賀状にしたためる。

（二〇一三年二月）

20 渡良瀬遊水地ふたたび

某月某日

立春を過ぎても、今年の冬の寒さは厳しく、「寒中見舞」という言葉が、ことのほか実感される。今日も雪が舞っている。庭の枝垂れ桜の枝に、鵯《ひよどり》の番《つがい》と何羽もの雀たちが一緒に仲良くとまっている。雪景色の中では、啄むものを探すのも難しいだろうと思い、枝垂れ桜の枝に少し傷みはじめている蜜柑を刺しておくことにした。

居間の炬燵で手焙りしつつ原稿を書きながら、ときおり窓の外へと目を向けていると、どこかへ行っていた鵯があらわれて、一散に蜜柑を突きはじめたかと思うと、「ヒーヨ！」と甲高く啼いて、番の片割れに呼びかける。やがて、でぶっとしたもう一羽もやってきて、交代で啄んでいる。でぶっとしたほうが食べているときには、枝がしなる。

某月某日

関西での所用の前に、名古屋で新幹線を降りて東海道本線に乗り換えて岐阜県大垣市に立ち寄る。この数年、折を見ては芭蕉の「奥の細道」ゆかりの土地を巡るようにしてきた。旅立ちの地である東京の千住を訪れたのは、七年前の五月のことで、〈千住大橋のたもとの「矢立初の碑」を眺め遣ってから隅田川の川べりへ立って、深川から舟に乗った芭蕉が上陸したのはどのあたりだろう、とあたりを見回す〉と本誌に記した。

敦賀や山中温泉など、道中でまだ訪れていない所もあるが、元禄二（一六八九）年の秋に、芭蕉が奥の細道への約五カ月の旅を終えたむすびの地だという、木造の燈台のある船着場跡に立った。水門《すいもん》川の流れになびく水草を眺めながら、芭蕉も旅の終わりにこの水草を目にしていただろうか、と思いを馳せた。

奥の細道ゆかりの地を訪ねるたびに、私は、変化が常の現代にあっても、不易なるものがあることを探る心地となる。四百年、千年を経て変わらずに繰り返されることがあるのを、二年前の震災で私たちは嫌というほど思い知らされたはずである。

某月某日

西への旅から戻った翌日、東京から作家でミュージシャンでもある中原昌也さんが編集者とともにやってきた。

震災から二年目を迎えるにあたり被災地をルポしたいということで、仙台の沿岸部を案内する。国分町の居酒屋で飲んだ後、深夜になぜか拙宅へお連れする流れとなる。寝ていて起こされた連れ合いは、コンタクトを外していたので、赤いジャンパーを着ていた中原さんが、赤い熊に見えたとのこと。中原さんは、仙台は寒い寒い、と言い募る。

某月某日

上京したついでに、連れ合いが毛糸を仕入れている糸屋さんを午前中に訪ねる。日暮里から初めて乗る舎人《とねり》ライナーで西新井大師西駅まで行き、ご主人が車で迎えにきてくれる。連れ合いは顔馴染みだが、私は初対面。電気工時代に付き合いのあった、下町の中小企業の社長といった雰囲気である。

毛糸の卸問屋をはじめて四十年になる。低価格大量販売の大手衣料メーカーの衣服の値段が、日本での工賃と同じ。国内の撚糸屋さんや縫製工場がどんどん無くなっている……といった話を伺う。小さな体育館といった感じの倉庫内は雑然としているが、連れ合いが希望の糸を告げると、当たり前ながらどこに何があるか知悉《ちしつ》しているようで、すぐさま取り出してくることに感心させられる。

午後は、松本竣介の絵「Y市の橋」のモチーフとなった横浜駅そばの月見橋を訪れた後、都内に戻り、根津美術館で公開されている国宝「那智の大滝」を観る。部屋も薄暗く、鬱蒼とした杉の木立の中にいるような霊気を感じる。小一時間対峙した後、ロビーへ出ると、青山商店街の人達が節分の豆を配っているのに出くわす。仙台では落花生のことが多いが、ここでは大豆。

某月某日

めっきり春らしくなった暖かな週末、この時季の風物詩として、栃木、群馬、茨城、埼玉の四つの県境が交差するところに位置する大湿地帯である渡良瀬遊水地で行われる野焼へと足を運ぶ。関東に足を踏み入れるのは、三月に入って四度目。

例年、雨や強風にたたられて、予定日どおりに実施されることは希有だから、前日に茨城県古河駅近くのホテルに宿泊した私は、まるで遠足を控えた子供のように夜空を仰ぎ見た。四夜の夕月が出ていた。

そして迎えた当日の今日は、晴れて風もなく絶好の日和となった。その名の通り、下野《しもつけ》、武蔵、下総《しもうさ》の三国をつなぐ橋だった三国橋をタクシーで渡り、渡良瀬川の対岸の堤防に出る。一面に褐色の枯葦が広がる芒漠とした遊水地の空間とひさしぶりに再会をする。

午前八時半。山手線の内側に相当する遊水地のあちこちから一斉に火の手が上がりはじめた。鉄筋の棒の先に巻き付けた布に油を染み込ませたものを火付けにしただけで、見る間に乾燥仕切った枯葦に、あたかも水の輪が同心円を描くように次々と燃え移っていく。火の勢いが増すとともに風が巻き起こった。と、葦原から突然飛び立ったキジが目の前を横切っていった。

はるか上流の足尾銅山の鉱毒によって渡良瀬川は汚染され、流域の農地にまで及んでいった。日本における公害のはじまりとされる足尾鉱毒事件。そのために、時の明治政府によって、洪水調整の名目で、もともとは肥沃な農地で流れている川には魚影も濃かったこの土地は、遊水地として強制的に水没させられ作り替えられたのだった。

そして今、上流の足尾山地や赤城山一帯には、放射能の汚染地帯が広がっており、大雨のたびにセシウムを含んだ大量の土砂が、遊水地へと運ばれてくる。震災によって三年ぶりに行われた野焼は、放射能の飛散を懸念する声に配慮して、焼く葦原の面積を例年の四〇%にとどめたという。百年を経て歴史が繰り返されている思いが湧く。

某月某日

古河から益子へと回って帰宅した翌日、貯まってしまった執筆の合間を縫って、震災後はじめてとなる第五回仙台国際音楽コンクール開催記念のガラコンサートを聴きに、旭ヶ丘の青年文化センターへと赴く。

今夜は、第一回のコンクールで優勝したホァン・モンラ（中国・ヴァイオリン部門）、アンダローロ（イタリア・ピアノ部門）、ルセフ（ブルガリア／フランス・ヴァイオリン部門）の三氏が、シベリウスのヴァイオリン協奏曲、リストのピアノ協奏曲第二番、チャイコフスキーのヴァイオリン協奏曲と、十二年前のコンクールのファイナルで演奏した協奏曲を再演するという。

あいにくコンクールでの演奏を聴き逃してしまったので成長ぶりを比較できないのが残念だが、モンラの折り目正しい端正さ、アンダローロの的確なタッチ、ルセフの歯切れのよさが印象的で、それぞれのやり方で作曲家の魂を甦らせていると感じた。

会場から外に出ると、半月に近い八夜の月が出ていた。

（二〇一三年四月）

21

土蜘蛛

某月某日

朝、東京の義母から電話があり、桜が満開だとのこと。我が家の枝垂れ桜のつぼみはまだ固く、開花はもう少しかかりそうだ。家の中では、義父から分けてもらった種から鉢植えで育て、今年初めて花をつけて黒侘助《わびすけ》とわかった椿が、最後の二つのつぼみをひらかせた。一つを剪って思案所の棚に活けるとなかなかよい風情だ。

仕事の息抜きに山を下りて、晩酌の肴をもとめに馴染みの魚屋へ。最近では通りがかりに互いに片手を挙げて挨拶し合うようになった親仁さんに、小ぶりな真鯛が入っているよ、とすすめられ刺身とあらを買うことにする。山口県の仙崎漁港に揚がったものだという。今朝の電話を思い出して、桜鯛か、とほくそ笑む。百五十円のあらに、おかみさんが鯛の頭、中骨のところもぶった切って入れてくれる。これはたくさん鯛飯がつくれそうだ。

某月某日

鶯の啼き音に気が付いた日、五年前にロンドンで知り合ったアメリカ人映画監督のジョシュア・オッペンハイマー氏から、ようやく完成に漕ぎ着けたという「The Act of Killing」というタイトルのＤＶＤが届いた。現在は、シビルパートナーの日本人男性とコペンハーゲンに住んでおり、本作はコペンハーゲン国際ドキュメンタリー映画祭（CPH:DOX）の賞も得たという。

夕食後にさっそく観ることにする。慣れない英語字幕で、二時間半以上ある作品だったが、観終わった後には、ロンドンの自宅に招かれてワインを飲んだときの温和な印象の中に、こんな硬骨漢ぶりが秘められていたことに驚かされるとともに、強い衝撃が残った。一九六五年に起こった、インドネシアの初代大統領スカルノの失脚を謀った軍事クーデター後、インドネシア全土において百五十万とも三百万人にのぼるとも言われる大量虐殺が発生した。命を奪われたのは、「インドネシア共産党（ＰＫＩ）」というカテゴリーに分類された労働者、農民、知識階級、そして華人たち。

オッペンハイマー監督は、虐殺をおこなった実際の殺人者たちに、どのような方法で人々を殺したのかをインタビューし、この映画のなかでその方法を再演技してもらう。その一方で、殺人の記憶に苛まれる様子もフィルムにおさめる。山形国際ドキュメンタリー映画祭などで、皆さんの目にも触れる機会が生まれることを祈りたい。

某月某日

桜が咲いてからの積雪に驚いているところに、拙著『光の闇』の見本が届いた。希望して使用させてもらった松本竣介の「水を飲む子ども」の装画も、色校で見たときよりも、発色がよく、タッチの感じもより現れていて嬉しく手に取る。

震災を挟んだこの五年間をかけて、自分の身近に存在している欠損感覚を抱えて生きている人たちへの聞き書きを進めているうちに、生まれた短篇集である。書き継ぐにつれて、少しずつだが、その世界を察するようになり、それぞれの視覚、聴覚、嗅覚、触覚、記憶……といった感覚が相互に響き合って連関していることに気付かされることとなった。聴覚をうしなった画家である松本竣介への興味も、そこにつながっている。

今回は、版元の扶桑社のホームページで、視覚障害者がどんなふうに読書しているのかを体験してもらおうと、作品の一部の朗読をダウンロードして聴けるようになっている。興味があれば、ぜひ一聴を。http://www.fusosha.co.jp/special/hikari/

某月某日

大型連休の前半が終わり、一週間空けていた自宅へ戻ると、トイレのリフォームが済んで見違えっている。シャワートイレに替えてもらったついでに、入居当時のままだった壁紙も剥がして白いペンキを塗った壁に替えてもらい、木目調だったトイレの扉も水色のペンキを塗ったものにした。やはり白いペンキを塗った棚には、紫の鉄線が活けてあり、坐ってみると、そこだけはまさに〝思案所〟といったたたずまいとなった。

某月某日

連休の最終日、今にも天気が崩れそうな中、連れ合いが行っている美容室のYさんから案内を受けたガレージセールへ午後から一緒に行ってみることにする。午前中は、私は仕事をしていたが、連れ合いは、毎春に蒔く藍に加えて、人から分けていただいた紅花、麻、バジル、ディル、ルッコラ、ラベンダー、月見草、紫草、牡丹などの種を鉢植えに蒔いていた。

バスで向かったガレージセールには、美容師さんが多いのか、男女ともにおしゃれな出で立ちの若者の姿が目立つ。持ち寄られた衣服や靴などのセール品を見て回り、勧め上手のYさんから、旦那さんのものだという濃い緑色のヴィンテージコンバースを五千円で買うことに。メイドインUSAは、いまは珍しいのだそうで、知らない靴の世界であった。ともあれ闊歩の楽しみが増えた。

デパートの地下で、弁当を買い、夜は早めに庭の花嵐を眺めながら、ちびちび冷酒を傾け、遅くなった長屋の花見と洒落込む。

某月某日

仕事場の庭の枝垂れ桜に、一昨年前からアメリカシロヒトリが発生して以来、連れ合いが庭に出るたびに、白い網状の巣が作られていないかと気にかけていた。昨年の春、サツキの根元にそれらしきものを見つけた。細長い袋状のものが地上十センチほどのところから根元をつたって地下につながっている。突いてみたところ中身はすでに空だった。

今年の春も、同じ筒状のものがいくつも見つかり、ネットで調べると、どうもアメリカシロヒトリとはちがうようだ、と疑問に思い、さらに検索してみると、地蜘蛛の巣であることが判明。表面が砂や土でカムフラージュされていて少し汚れた感じも同じだ。

地蜘蛛は、筒状の巣の一番下に潜んでいて、団子虫などが巣にぶつかる震動を感知するとすばやくのぼってきて獲物をとらえる、という。地蜘蛛採りは子供達の遊びとなっていた頃もある、と連れ合いに言われ、そんな遊びをしたような、とも思うが定かではない。

連れ合いとともに、鎌とシャベルを手に庭へ出る。巣の周囲を注意深く掘り、筒の上を指でふさぎ、静かにひっぱりあげる。底の部分を探ると、いた！　焦げ茶色で大きさは一センチ弱くらい、掌にのせても案外じっとしていて大人しい。

地蜘蛛は別名、土蜘蛛とも呼ばれる。土蜘蛛は、大和朝廷に服従しない土地の民の蔑称でもあり、『日本書紀』には「身短くして手足長し」と、姿が蜘蛛のように描かれている。私にとって興味深いのは、土蜘蛛はほかに「佐伯」とも呼ばれていること。これは、「佐伯」には「(大和政権の進出を）遮る」からという説と、騒がしい言葉で「喧ぐ」から出た説とがあるようだ。

何となく親しみを覚えながら、地蜘蛛をまた土に戻してやった。

（二〇一三年六月）

22 Nさんの机

某月某日

野草園のフェンスを左手に見ながら坂を下っていると、蝮草が開花しているのを見つけた。直立させた花茎を包む仏炎苞は紫色に近く、白い線が入っている。地下茎から伸びた二つの葉鞘部分が重なってできた偽茎には、紫褐色のまだらな模様があり、これがマムシに似ているところから、この名がある。

それを見て、ほんの数日前に、六年前に亡くなった大庭みな子さんの浦島忌に出席したことを思い出した。私が、二十九年前に海燕新人文学賞をいただいたときに、大庭さんは選考委員の一人だった。以来、文壇のパーティなどでお目にかかった折々に、新作への好意的な励ましを受け続けた。

大庭さんの残した代表作の一つに、十四歳の夏に広島の原爆被災者の介護に動員され、トラウマとなった絶望的な経験を基に描いた『浦島草』がある。浦島草は、蝮草と同じサトイモ科テンナンショウ属の多年草で、大庭さんが脳梗塞で倒れてからの晩年を過ごした千葉県浦安市のマンション入り口の植え込みには、浦島草が生え、毎年五月になると花をつけたという。「浦島忌」の名称は、これらにちなんだ。

蝮草を目にして、私は、大庭さんが、今でも私の周りに遍在していることを感じた。

某月某日

午前十一時発の高速バスで、米沢へ行く。福島飯坂ICまで行き、そこから国道13号へ降りて、栗子峠を越える。山藤がたくさん咲いている。ほかにも卯木《うつぎ》、水木、桐、朴……などの花。

米沢営業所から車で十五分ほどの所にある雑木林に工房を構える木工家のNさんを訪ねる。私が長年使ってきた仕事机は、ホームセンターで買ってきた畳一畳の大きさのコンクリートの仮枠用のボードに脚を付けただけのものである。その前は、粗大ゴミで出ていたのを、持ち主の許しを得て引き取ってきた机だった。山形で草木染の修業をした縁で、十年ほど前まで山形市内のデパートで開かれていたクラフトのグループ展に参加していた連れ合いの搬入を手伝いながら、メンバーの一人であるNさんの重厚な家具を目にするたびに、いつか自分の仕事机も作ってもらえたら、と夢見てきた。ようやく念願が叶って、その依頼に伺う運びとなった。

花期は終わっていたが、きりたんぽのような花を付けるうわみず桜が多い雑木林の中のお宅の玄関には、奥さんが織ったという絹の柿渋染めの暖簾が掛けられ、居間にはNさんのテーブルと椅子が置かれている。足元には、猫のモグ。手足に白いソックスを履いているように先っぽだけが白い。

お茶をいただきながら、寸法や予算等の打ち合わせをした後、隣の工房へ行き、材料に使う楢と栃の板を見せてもらう。モグもついてくる。机は九月に出来上がる予定とのことで、今から待ち遠しい。

某月某日

庭でアオヤマボウシの薄緑色の花が咲いている。七、八年前に、連休の時期に西公園で開かれていた植木市でもとめたときには、白い花が咲く普通のヤマボウシだということだったが、三年ほど経って初めて花を付けたときに、アオヤマボウシだったと知った。それもそれでよし、と毎年この時季に咲く花を楽しみにしている。
連れ合いは、ラッキョウ漬けの準備。薄皮を剥くのを、私も二、三個手伝う。塩漬けした後に、煮沸消毒したガラスの容器で甘酢に漬けた中に、ほかのに比べて一回り小さいラッキョウが見つかり、自分が剥いたやつだ、と首をすくめる。丁寧にやりすぎたら小さくなってしまった。

某月某日
梅雨の晴れ間となり、暑い一日。夕方から、アエルの仙台市情報・産業プラザで日本文藝家協会主催の伊集院静氏の講演がある。私は協会の評議員をしているので、理事の関川夏央氏とともに、その後の鼎談を務めることとなった。
伊集院氏とは、何度か東京の酒場などでお目にかかったことはあるが、仙台で顔を合わせるのは初めて。『時間ですよ』の小料理屋の女将・お涼さん役のときからのファンである篠ひろ子さんとも挨拶ができて嬉しく思う。伊集院氏は自らの父母のことを語り、それを受けての鼎談では、共通して交流のあった三浦哲郎氏や、伊集院氏の『いねむり先生』のモデルとなった色川武大氏など先達について語り合う。お互いに好きだと判った木山捷平の「五十年」という詩に触れて、昔の作家のほうが時間の決め時がよかった、という伊集院氏の感想に、関川氏ともども共感する。
会場には若い読者も多く詰めかけてくれて、「仙台は文学が熱いですねえ」と文藝家協会の担当者が感心していた。

某月某日

上京して、ホテルオークラで開かれた三島由紀夫賞・山本周五郎賞の授賞式にひさしぶりに出席する。主催している新潮社からは、「新潮」に連載していた『還れぬ家』を二月に出版していただいたので、そのお礼を述べたいと思った。

三島賞を受けた村田沙耶香さんの「指導を受けた作家の宮原昭夫さんに『上へ向かって書け』と教わって小説を書いてきた」という挨拶がよかった。また、同時に授賞式が行われる短篇小説を対象とした川端康成賞を受けたのは津村記久子さんで、受賞作「給水塔と亀」は、「無縁社会」の言葉を作り出したＮＨＫのドキュメンタリーで、家族がない青森出身の六十代の男性を見たことが執筆のきっかけとなったという。作品の舞台となっている土地は、以前私もアスベストの取材で訪れたことがあり、作品世界に親しみを覚えたことを津村さんに伝えた。

パーティは早めに引き揚げて、四月に出版した『光の闇』の出版祝いを遅ればせながら赤坂の韓国料理屋でしてもらう。店の名物だというワタリガニの醤油漬けがおいしい。その後、珍しく新宿の文壇バーを二軒ハシゴ。

某月某日

東京では連日の猛暑が伝えられているが、仙台は梅雨寒の日が続いている。『光の闇』を連載した「en-taxi」の常連の執筆者であり、談志との師弟関係や前座時代のエピソードなどを綴った破天荒なエッセイ『赤めだか』で講談社エッセイ賞も受賞した立川談春の独演会に足を運ぶ。

前座の後、演目は「お花半七馴れ初め」と「子別れ」。特に上、中、下の三部構成となっている人情噺の大ネタで、かつて談志は上と中しか演じず、下を高座に掛けるまでに四十年かかったという曰く付きの「子別れ」が聞けたことはよかった。談春の話芸を堪能し、深い余韻が残った高座だった。

終演後、共通する編集者のTさんが引き合わせてくれて、楽屋で初対面の挨拶をする。談春さんにとって仙台は、根白石にゆかりもあり、支援者も多くて親しみのある土地柄だということだ。

（二〇一三年八月）

23

浜の秋

某月某日

関東まではとうに梅雨明けして、猛暑のたよりが舞い込んでいるが、もうすぐ八月の声を聞くというのに、みちのくは雨降りが続いている。朝起きて庭に出てみると、小雨の中、青紫色の朝顔が四つ咲いている。山椒の木には、揚羽蝶の幼虫の青虫が三匹。ずいぶん葉っぱが食べられてしまっているが、新芽の時季ではないし、また生えてくるので、食欲旺盛な青虫君に食べ放題にさせている。

昨秋に茶の間の畳替えをしてから、初めての梅雨を迎え、新畳は黴が生えやすいと聞いて注意していたが、三日ほど家を空けて戻ると、隅のほうの畳表にうっすらと青黴らしいものが発生しているのに気付いた。そこで、電気を多く使う冷房を入れるほどでもないので、専用の除湿器を使ってみることにした。

今日も、湿度は八〇%を超えているので、さっそく除湿器をかける。四時間ほどでタンクに水が一・八リットル溜まって満水の表示となり、目に見えて湿気が取れていくのがわかる。七〇%を切ったところで、今度は布や糸がカビないようにと、連れ合いの仕事場に運ぶ。その次は、〝我が家の図書室〟の湿気取りをしよう。

夕食後、ノルウェーの音楽祭について電子メールで質問を送っていたのに、ノルウェーの知人から回答が届いているのに気付く。

某月某日

昨日から、東京と関西へ一週間ほど出かけている。東京は夏の盛り。昨日は、麹町のＴＯＫＹＯ ＭＸテレビのスタジオで、評論家の西部邁氏が司会を務める番組「西部邁ゼミナール」の収録。文芸評論家の富岡幸一郎氏も加わって、拙著『還れぬ家』を俎上に載せながら、家や家族の問題を語り合う。北海道で生まれ育った西部氏も、故郷の生家や兄弟たちには複雑な思いがあるといい、「朝まで生テレビ」で舌鋒《ぜっぽう》鋭く論戦を挑む姿とはちがった、意外な面が窺えた。

今日は、渋谷のＮＨＫでＦＭ放送のクラシック番組の収録である。夏の音楽祭の特集で、ノルウェーのベルゲン音楽祭の模様が放送されるので、ノルウェーに暮らした経験があり、音楽祭で指揮とピアノをつとめたアンスネスと対談したことがある当方に白羽の矢が立ったのだろう。先日返信メールをくれたノルウェーの知人は、ベルゲン音楽祭にも行ったことがあると記しており、伝えてくれたその雰囲気についても話す。四十年前の中学生の頃から親しく聴いてきたＦＭのクラシック番組にゲスト出演して、ある種の感慨を覚える。スタジオのモニターで聴いた演奏は、当然のことながらすこぶる音がよかった。

某月某日

東京を朝八時の新幹線で発ち、今日から三泊四日で熊野行きとなる。中上健次の小説世界で親しんできた土地であり、一度は訪れてみたいと思ってきたが、名古屋からさらに三時間半余りかかる陸の孤島と言われるだけに、二の足を踏んできた。重い腰を上げたのは、この春から月に一度、日本各地の水辺を訪ねて、震災以降の視点から思いを巡らせる文章を「水辺逍遙」というタイトルで毎日新聞に執筆しており、そこで熊野を取り上げようと思ったから。

名古屋で紀勢線の特急南紀に乗り換える。松坂を過ぎて、臭木《くさぎ》の白い花が目立つ、山また山の荷坂峠を気動車で越えると、紀伊長島で視界が開け、熊野灘が見えはじめた。そこから、三陸地方を想わせるリアス式海岸の沿岸部を走り、ようやく辿り着いた新宮は、確かにかつて日本のなかの異郷であり、隠国だったことを想わせる土地だった。途中、ほとんど海岸線すれすれに走っているときには、東日本大震災の津波被害に遭った鉄道路線のことを想い起こさずにはいられなかった。当地も、昭和十九年の東南海地震では津波の被害を受けている。

「蟻の熊野詣」という言葉があるように、中世の頃から、熊野本宮・新宮・那智の熊野三山は日本国中に知られ、上下貴賤男女を問わず大勢の人々が訪れた。三十六度を超える酷暑の中、ほんらいなら歩いて巡るところを、案内してくれた人の車で三山を巡る。これでは、御利益も少ないだろう、と苦笑しつつ。那智神社へ向かう那智川沿いの道は、二〇一一年九月の台風被害で発生した土石流の痕跡がまだ生々しく残っていた。

ちなみに新宮市は、名取市と姉妹都市を結んでいる。その名取市にも熊野三社があり、長年、紀州熊野三社に参拝を続けていた名取老女が、歳老いて長旅をすることができなくなったため、代参にと地形や景観のよく似た当地に熊野三社を勧請したと言い伝えられている。中上健次は、私に、「東北生まれは地の利を得ている。なぜなら東北は眠った文化の宝庫だから」と常々語っていたものだった。

某月某日

一週間の旅から帰ると、仙台も梅雨明けしていた。夏の陽射しが照りつける中、昼過ぎにバスで街へ出て、ＡＥＲ（アエル）の中にある診療所で近くのサラリーマンとおぼしき人たちに交じって年に一回の健康診断を受ける。

心電図、血液採取、血圧測定と回り、身長体重測定で体重が少し減っていたのは、春に胆石の手術を受けたので、脂ものを控えていたためだろう。最後に問診を終え三十分ほどで終了。検査のために朝食抜きとあって空腹の身体で一階へ下り、例年通りに、書店の隣のスープカレーの店で遅い昼食を摂る。

某月某日

九月に入り、残暑も凌ぎやすくなった。大気も乾いてきて、除湿器をかけないと、カビが生える目安とされる七〇％をずっと下らなかった湿度も、窓を開け放って風を入れると、六〇％から五〇％台になるようになった。

今年は、中秋の名月を敦賀で迎えることになった。三百二十四年前の旧暦八月十五日のこの日、おくのほそ道の旅も最終盤に差しかかり、芭蕉はこの地で月を賞《め》でることにした。その顰みに倣って、敦賀の水辺で月を眺めつつ逍遙しようと思い立ったのである。

台風一過、全国的に爽やかな秋晴れが広がっており、恰好の月見の夕となった。芭蕉は十四日に敦賀に入り、その日は晴天に恵まれて十四夜を眺めたが、翌十五日は雨となり無月だった。そして、また晴れた十六日は、敦賀から舟で敦賀半島のほぼ先端に位置する色の浜へ行き、十六夜を目にした。

その、色の浜（現在の地名は色ヶ浜）を、敦賀駅から一日三便しかない路線バスに乗って訪れた。三十分ほどで着いたのは、釣り宿がいくつか軒を並べている鄙びた漁村である。その少し先には、原子力発電所が立地している。

日暮れ近くに、マイカ釣りの釣り船が次々と敦賀湾へ出て行くのを見送ると、「さびしさや　すまに勝ちたる　浜の秋」と、古来有名な須磨（現在の神戸市西部の沿岸部）の秋の寂しさにも勝っていると芭蕉が詠んだのを想わせる静けさが浜に残された。薄と萩が活けてある宿の部屋で夕食を肴に一献傾けていると、遠く対岸の山上から、黄色味の強い満月が顔を出し始めた。

（二〇一三年十月）

24 新しい仕事机

某月某日

暑かった夏も終わり、だいぶ涼しくなってきた。朝起きると、いつも居間の窓を開けていたが、今朝は窓を開けると寒いので閉めた。庭の朝顔は、まだ六つ咲いている。

曇りがちでときおり晴れ間がのぞく午後、郵便を出しに行くと、萩まつりの最終日とあって、〈野草園〉のバス停に多くの人が並んでいる。世間話をしながら、のんびりとバスを待っている列の中に、急ぎの仕事がなければ自分も交じりたい気分になる。

晩翠賞を受賞した詩人で、小説家でもある平田俊子さんのエッセイ『スバらしきバス』が夏に届けられ、バス好きとしては多くの箇所に、「うん、うん」「そう、そう」と共感を覚えながら読んだ。〈運転手さんがどこかへ連れていってくれる、ゆったりとした大きな容れ物〉と表現していたのを、まさしく言い得て妙だと共感しながら思い出し、出発したバスを見送る。

休日なので、仕事を早めに終えて、パン焼き器で生地を作った手作りピザを食べながら、このところ気分転換に愉しみにしている海外ドラマ『キャッスル』をＤＶＤでまとめて観る。推理小説作家のリック・キャッスルが、彼の小説を模倣した殺人事件が起こったのをきっかけに、ニューヨーク市警のケイト・ベケットに捜査への協力を申し出て、数々の事件の解決を図るというもの。『名探偵モンク』を観終わったので、当初はあまり期待をせずに借りてきたが、なかなか面白く現在シーズン２を観ているところ。日系カナダ人の知人によると、アメリカでも人気で、昨日からシーズン6が放映されはじめたとのこと。

某月某日

仕事をしながらつけていたラジオで、「朝、布団から出るのが苦痛なくらい寒かったですね」と言っていた。まだそれほどでもないと感じたが、どうだろう。ただし湿度はずいぶん低くなった。街へ出かけた連れ合いが、昨日の〈楽天優勝〉の札や垂れ幕がそこかしこに下がっているという。

昨日の西武戦は自宅のテレビで観戦した。私は、アンチ巨人というだけで、特別な贔屓チームはないが、今年の楽天だけは特別だった。最後に田中に投げさせた星野監督の采配にしびれる。明大から中日入りし、巨人戦にはより闘志を燃やす星野仙一は、現役時代に好きな投手だった。週刊誌の記者をしていたときには、バッテリーを組んでいた木俣捕手から、その熱血ぶりの話を伺ったこともある。さあ、次は日本シリーズで〝打倒巨人〟だ。

某月某日

十月に入り、金木犀が香っている。来客があるので、連れ合いは朝からはらこ飯を作っている。木工作家のNさんが、米沢から机をワゴン車に積んで、配達してくれた。山形でのクラフトのグループ展の搬入のときにも見慣れた素足に雪駄履き。さっそくNさんとともに、机を仕事場へと運ぶ。机の天板の厚みはそれほどでもないが、さすがに楢の一枚板なのでずっしりとした重みがある。

「どこに置きましょうか」と言われて、Nさんの机は、窓に面して据えることにする。楢に比べていくぶん柔らかな質感のある栃で造られた椅子に座り、まずは新しい机に頬杖を付いて、窓の外へと目を向けてみる。窓の前には十坪ほどの庭があり、その向こうは柵を隔てて竹林と雑木の斜面となっている。見上げた位置には、元放送局だった敷地に三年前に立てられた特養老人ホームの建物がある。

この秋で、新人文学賞をいただいて作家となってから三十年目に入る。その節目に、遅ればせながら、一生ものの机を持つこととなり、この机で、あとどれだけの作品を生みだすことが出来るだろうか、と三十年目の初心に立ち返る思いがする。

はらこ飯は、朝日新聞東北版のシリーズ〈勝手に東北世界遺産〉で使う写真を撮ってから、Nさんともどもいただく。Nさんは以前、娘さんが駅伝の選手でその応援で訪れた亘理で食べたことがあり、それ以来だと懐かしむ。

今日も『キャッスル』を一話だけ観る。Nさんにはテレビ台も造ってもらった。ずっと畳に置かれていたテレビが台に載り、大きく感じられる。

某月某日

晴天の休日、高速バスで、山形国際ドキュメンタリー映画祭が開かれている山形へ行く。前にも触れたロンドンで知り合ったドキュメンタリー映画監督のジョシュア・オッペンハイマーの作品『殺人という行為』が、インターナショナル・コンペティションに出品されることになり、来日した彼と再会できることになった。その前に、仙台光原社へ寄って、ジョシュアさんへのお土産に桜樺細工のスケールを買う。

連れ合いがロンドンのクラフトフェアに参加していた二〇〇八年秋に、ロンドン在住のアメリカ人である彼と知り合いとなった。ちょうど私が、文庫本を持参していたアメリカの女性作家マッカラーズの長篇小説『心は孤独な狩人』について、パブで語り合ったのが最初だった。

そして、今年の早春に、ジョシュアから完成した映画のDVDが送られてきた。タイトルは『The Act of Killing』、一五九分の長篇だった。英語の字幕しかついていないので、不明なところは連れ合いと検討し合いながら観たそれは、スカルノ政権崩壊後の一九六五年にインドネシアで起きた大量虐殺の加害者たちに、〝殺人という行為（The Act of Killing）〟を演技させ再現させるという衝撃的な内容のものだった。正直のところ、おぞましいシーンも多かったが、その迫力に圧倒された私は、ぜひ山形の映画祭に応募して欲しい、とEメールを送った。

七日町の海鮮居酒屋で、ジョシュアとパートナーの日本人S君、ジョシュアのお母さんと彼女が再婚したご主人、博多から来たS君のお父さん、デンマーク人のスタッフたちを交えた宴会となる。好物だという日本酒を傾けながら、「実際の殺人者を主人公にするのは、とても勇気があると思ったよ」とジョシュアに感想を伝えると、「いいや、僕は勇気がない、臆病なんだ。だから撮れたんだと思う」という答え。

某月某日

〆切が待ったなしとなった書き下ろし小説に取りかかっているが、さすがに今日ばかりは、テレビにかじりついて、最終戦に持ち込まれた日本シリーズ楽天対巨人戦を観る。昨日今季初めての負け投手となった田中が、前日百六十球も投げたにもかかわらず九回のマウンドに上がると、興奮も最高潮に。野球の神様も心憎い演出をするものだ。
楽天の優勝に活をもらって、再び執筆に取りかかる。十七年前に雑誌が休刊したために中断していた連載小説『渡良瀬』の残りを書き継いでいる。時は昭和が平成へと変わる頃。昭和天皇の病状悪化にともなって世の中に自粛ムードが広がるさまを描いていると、数年前の世相にも重なるのを覚える。

（二〇一三年十二月）

25 葦原に立つ

某月某日

青森から年長の知人のMさんが、仙台で美容師をしている娘さんの結婚式に出席するために来仙した。Mさんは、新人文学賞の最終候補にも残り、仙台で発行している同人誌『麦笛』の有力な書き手である。税務署勤務だったという父親の転勤で、中学時代を仙台の長町で過ごしたそうで、中学の同窓会に訪れたときや『麦笛』の打ち上げなどの折に、年に一度ほど酒を酌む。

今回は、昼に結婚式を終えたMさんに、長町中学校時代の同級生だというTさんも交えて、河原町の加賀料理を出す居酒屋で、夕刻から一献交わすこととなった。Tさんは、広瀬橋のたもとで古い蔵を改造したジャズの流れるバーを開いていたが、東日本大震災で蔵が取り壊されることになってしまい、予定よりも早い店仕舞いを余儀なくされた。

私よりも十歳上のMさんは、乾杯のビールを飲み干すと、「これで二人の子供たちとも片付きましたあ」と感慨深げに大きな安堵の溜息をついた。Tさんは、年間シートを買ってずっと応援していたという楽天の日本シリーズ優勝の瞬間に球場で立ち会えたことを熱く振り返る。

へしこなどの肴もうまく、明日は勤労感謝の日で休日でもあり、もう少し飲みたいところだが、年内に出す書き下ろしの長篇小説『渡良瀬』の〆切が迫っているので、一時間ほどで先に引き揚げる。家に戻って、店にマフラーを忘れたことに気付く。

某月某日

小春日和にめぐまれて暖かい一日。この数日は、いよいよ長篇小説の執筆が佳境に入っている。昼は、陽気に誘われて野草園の食堂「どんぐり庵」へ。多くの人の姿があり驚く。このところ、曜日も忘れて執筆に集中していたので、十一月最終日曜日の今日は、冬期の休みに入る野草園の植物感謝祭にあたっていたことをすっかり忘れていた。

いつものカレーうどんを食べた後、今年の見納めとばかりに園内を散策することにする。名残の紅葉が陽に照り返ってまぶしい。

某月某日

執筆を一時中断して上京し、大佛次郎賞の選考会に臨む。昨年までの選考会の会場は、築地にある隠れ家風の趣のあるふぐ料理の店だったが、この時世で閉店することになり、近くのフレンチの店へと移ることとなった。

候補作は、小説だけではなく、ノンフィクション、歴史や政治を扱った本、自然科学書など多岐にわたるので、読むのがひと苦労だが、専門外の知識に蒙を啓かれることが多く、私にとっては貴重な読書体験となっている。最初の投票では、それぞれの選考委員が推す作品が横並びとなり、難航が予想されたが、議論を重ねるうちに乙川優三郎氏の『脊梁山脈』が受賞作にすんなりと落ち着く。

敗戦から高度成長が始まるまでの一時期の時代が、中国での戦場を生き延びた福島出身の主人公の目を通して確かに再現された小説で、彼が復員列車で助けられた男の消息を尋ねる中で興味を抱くようになる木地師の源流を探る旅のけしきに、鳴子や鎌先、作並など、親しみのある東北の温泉場を共に辿っているような心地にいざなわれた。当時の日本人の必死な姿を描くのにふさわしい真摯な筆致で綴られる敗戦後の復興に、作者の東日本大震災からの復興への願いが重ね合わせられているようにも読めるさりげなさがよかった。

某月某日

『渡良瀬』の再校の直しが終わり、〈本作は、『海燕』に一九九三年一一月号から一九九六年九月号まで二七回にわたって連載し、終刊によって中絶していたものに、大幅に訂正加筆を施し、残りを書き下ろして完結させたものです。〉と巻末に文言を入れ、ようやく校了となる。

起筆から二十年、十七年の中断を挟んで書き上がった小説だけに、さすがに胸に来るものがある。夜は、小ぶりな吉次の煮物に、まぐろの切り落としも肴に付けて完結を祝う。執筆のさなかに庭先にあらわれては、心をなごませてくれた、〝ちびしろくろ〟と連れ合いが呼んでいる黒と白の斑の子猫もベランダに姿を見せて、まるで祝ってくれているかのように鳴き声を上げる。

某月某日

仙台市内の若林の生家へ足を運び、老齢の母親の代わりに、歳神様を迎える準備をする。タクシーが河原町に差しかかったところでいったん降ろしてもらい、居酒屋に忘れたマフラーを引き取りに行く。仕込みの途中だった店員が、親切に渡してくれ、お礼と「よいお年を」と挨拶を交わす。今度、一人でも店を覗いてみよう。

生家に着くと、さっそく榊や酒、米などの神棚への供え物をし、注連飾りを玄関に、輪飾りを家のほうぼうへ飾っていく。連れ合いともども、手順はすっかり慣れたものである。その後で、すぐ道路の向かい側に出来た大型のスーパーマーケットへ年越しの食材を買いに行く。隣には震災復興住宅が建設中で、井戸浜で罹災した知人も越してくることになっている。早く入居できるように、と願わずにはいられない。

某月某日
大晦日は、クドカン演出による『あまちゃん』コーナーが楽しめた紅白歌合戦を視てから寝に就き、除夜の鐘の音を待っている間に眠りに落ちてしまった。
元日の午後、晴れていると思うと雨がちらつく中を、愛宕神社へ初詣に出かける。いつもは二日か三日に訪れるが、そのときに比べて参拝客の多さに驚く。ひさしぶりにおみくじを引いてみると吉。

某月某日
朝八時十七分仙台駅発の高速バスで石巻へ。途中、三陸道が工事渋滞のため、九時三十五分石巻駅到着予定が十分近く遅れる。二時間の貸切予約したタクシーの運転手さんが駅前で待っていてくれた。
一路、北上川河口の葦原へと向かう。運転手さんに震災時のことを訊くと、「だめ」「全部流されちゃった」と言う。「でも、身内に亡くなった人がいないから、まだいい」とも。途中、大規模仮設住宅をいくつか通り過ぎる。まだ家に入れない人たちが多くいるのに、東京オリンピック招致で沸いているこの国は、やはりおかしい。

ほぼ二十年ぶりに目にする葦原は、津波に流され、地盤沈下もしたためだろう、まばらで丈も低い。それでも、北上川のコバルトブルーと葦原の枯草色のコントラストがきれいだ。葦原の上を飛ぶ鳶が数羽。ノスリらしい姿も。北上大橋が見えて来て、あれが流されなかったら、こんなに被害もなかったのに、と運転手さん。瞑目しつつ大川小学校を過ぎる。

かつて、詩人の谷川雁氏と東京の酒場で同席したときに、「北上川の河口の辺りの葦原は実に素晴らしい。ねえ君、あそこを小説で書けよ、な」と繰り返し言われたことを蘇らせながら、あの壮大な葦原の光景が戻って来ることを祈った。

（二〇一四年二月）

26 七十八年ぶりの大雪

某月某日

二日前の土曜日から熱っぽく、鼻の奥も痛いので、週明けの朝一番に、バスで大年寺の山を下りてかかりつけの耳鼻咽喉科を受診する。空気が乾燥している時季にときどき罹るいつもの副鼻腔炎だろう、というぐらいの軽い気持ちだったが、医師は「インフルエンザが流行っているので、念のために検査をしましょう」と言い、綿棒を鼻の奥まで入れてぐりぐりと拭った。

まさか自分が、と思いながら、別室に隔離されて、待つこと十五分。現れた医師に、「やっぱりインフルエンザでした。A型です」と告げられる。いちおうマスクをしてきて良かった。途中のバスの乗客に移していないといいのだが。「どこで感染したか、思い当たることはありますか」と医師に訊ねられたが、咄嗟には思い浮かばない。先週は、取材で石巻や鳴子、それから名取の熊野三社を回ったが、さて……。

いくつかたまっている〆切や、人と会う予定が頭を過ぎる。「薬を飲み終えるまで、家から出ては絶対にだめですよ」と、こちらの心中を察したように医師に言い渡されて、仕方がない、事情を話してすべての予定を延ばしてもらうしかない、と諦める。

某月某日

朝になっても身体が熱っぽい。熱がある時には、重ねた蒲団の中にくるまり、汗をかいて熱を下げるにかぎる。枕元のiPodnanoに入れてあるブラームスの交響曲4番は、演奏時間が四十分余りなので、その演奏中はじっとして汗が出てくるのをひたすら待つ。目を瞑って演奏を聴きながら、頭の中では砂漠の灼熱の下にいるのをイメージする。汗が滲みはじめ、「暑い暑い」と声に出してみる。

現代医学では、昔から伝えられてきた風邪に対する対処法の発汗療法は、体力を消耗させるので逆効果であり、むしろ太い血管が集まる脇の下や首の周囲などに冷たいタオルなどを置いて冷やすクーリングのほうが効果的だと言われても、子供の頃に風邪をひいたときのように〝砂漠〟を想いながら汗まみれになる誘惑には抗しがたい。

演奏が終わると同時に、蒲団から飛び出て、汗でぐっしょり濡れた身体をバスタオルで拭き、下着とパジャマを急いで着替える。身体中から湯気が立ち上っているかのようだ。体温計で測ると、平熱に下がっている。熱が下がるときに汗をかくのであって、無理に汗をかかせても熱が下がるわけではない、というのは事実だろうが、やはり自分にはこの発汗解熱法があっている。

某月某日

休日なので遅く起きて居間に向かうと、庭に雪が積もっている。昨夜は、大雪をついて尾根伝いの八木山の知人宅へ出かけていた。午後九時過ぎにお宅を辞去し、膝下まで積もっている雪の中を歩きながら、タクシー会社にＰＨＳから電話をかけ続けていると、低温のためか充電も切れてしまった。人通りも車通りも無くなった雪の夜道を歩いて行くと、二十年近く前に、ノルウェーの北極圏の町トロムソで、吹雪の中を迷いながら歩いたことが思い出されたものだった。幸い今回は、夜食を摂りに自宅に戻り、街へと戻るタクシーの空車が見つかったので、雪中行軍とはならずに済んだが……。

さっそく長靴を履いて庭に出てみて測ると、五十センチはありそうだ。後で、テレビのニュースが、仙台の最大積雪量は七十八年ぶりとなる三十五センチだった、と報じていたが、ここは百メートルの山の上なので積雪も多いのだろう。子供の頃はもっと積もったことがあったようにも思うが、ともあれ数字の上では、私が仙台で味わう最大の積雪となった。

庭に積もった新雪を見ていて、子供の頃のように、雪のお面を作ってみようかとふと思い立った。そんなシーンが出てくる小説を木山捷平短編文学賞の受賞作に選んだばかりであり、たぶん木山捷平が生きていて、その小説を読んだ後でこの雪に出会ったら、自分でも雪のお面を作ってみたんじゃないだろうか、と思われてきたのである。

イチニノサンで思い切って新雪に顔を埋めた。すると、顔中がかき氷を急いで食べたときのようにつーんと冷たくなって、頭が痛く、息苦しいほどだったが、雪から顔を離してしばらくすると、じーんと痺れた先から、顔が火照ってきた。雪に付いた顔の跡は、想像していたのよりも、凹凸というかメリハリは生まれず、鼻と目、口の形がおぼろげに浮かび上がるようで、デスマスクを想わせた。鼻の頭を赤くして戻ってきた私を見て、連れ合いが笑った。

某月某日

「小説家（ライター）になろう講座」の講師に呼ばれて、山形へと足を向ける。途中、高速バスが、昔住んでいた蔵王の麓の川崎町を通りかかると、あたり一面雪の原で、雪を冠した蔵王連峰が聳え立った。その厳しい姿に対峙すると、二十年ほど前に健康を損ねて首都圏暮らしを引き揚げ、ゆっくりと再生を図った日々を描いた『遠き山に日は落ちて』の頃の初心を喚び起こされる思いがする。

山形市街の路肩には、仙台とは比べものにならないほどの高さの雪が積み上げられている。講座からは、「このミステリーがすごい！」大賞作家の深町秋生、大藪春彦賞を受賞した柚月裕子、小説現代長編新人賞でデビューした吉村龍一などが輩出しており、論評するテキストは、いつもなかなかレベルが高い。講座の後の二次会では、この季節にふさわしい好物の寒だら鍋が出て嬉しい。たくさん入っている白子をはふはふと味わう。

某月某日

朝八時台の新幹線で上京し、新宿から甲府行きの特急かいじに乗り換える。山梨文学館で行われるやまなし文学賞の授賞式に選考委員を代表して出席する。受賞作に決まった池田茂光さんの「山を祭る人々」は、山梨県の大雪で孤立化している集落が心配される中で読んだ作品で、描かれている限界集落の現実がことのほか身に迫って感じられた。

全国から応募作を募っているこの賞は、賞金が百万円と高額で、受賞作は単行本として出版されるのに加えて、受賞作と二篇の佳作は、地元紙の山梨日日新聞に連載小説として掲載される。いつか、Ｋａｐｐｏの読者の手になる作品にも出会いたいものである。

某月某日

三寒四温となり、春が間近に感じられるようになったが、仙台文学館から頼まれている啄木展の図録に載せる原稿が進まず、春愁にとらわれている。

不来方のお城の草に寝ころびて
空に吸はれし十五の心

啄木の歌では、この歌に最も親しみを覚える。啄木は盛岡を詠んだが、私は、同じ年頃に学校を脱けだしては広瀬川の畔の草むらに寝そべって、この歌を口ずさんだものだった。そしてまた、空の青は、震災以降、何度も仰ぎ見ることとなった。その色は、こちらへ迫ってくるのではなく、遠い憧れのように招き寄せる。その向こうには闇があり、死者に通じている、と感じられる。

（二〇一四年四月）

27 旧友交歓

某月某日

大年寺山の坂道を下りていく途中の竹藪で、鶯の初音を聞く。雪の多かった今年は、いつもよりも鶯の声を待ち望む思いが募った。

と、近くで別の鳥の声も聞こえた。甲高く澄んだ声でホィピー、ホィピーとにぎやかに啼き募るのを聞いて、この数年、自宅の周囲でよく耳にするようになったガビチョウ（画眉鳥）らしいと察せられた。

ガビチョウは、ほんらい日本の野鳥ではなく帰化鳥で、生息している中国では啼き音を愉しむためのポピュラーな飼い鳥だという。日本でもペットとして輸入されたが、餌が手間がかかるすり餌によらなければならなかったり、大きな啼き声が近所迷惑になるなどの理由から人気が失われ、放鳥に及んだ個体が少なからずあるとされる。

ガビチョウに罪はなく、人間の勝手なふるまいが生態系に影響を及ぼしているのだが、同じブッシュを好むせいか、昨年もウグイスの声は少なく、複雑な思いがする。

某月某日

今日から洗面所の改装工事が始まる。連れ合いが仕事にも使っているドラム式の洗濯機が故障して買い換えることになり、設置している洗面所の床も補強工事しなければならなくなった。この機会に、大地震などで傷みの出ていた洗面所を思い切って改装することにした。

朝八時半に、輸入家電業者のTさんが来て古い洗濯機を引き揚げて行った後、リフォームの設計者のAさんが設備屋さん三名と共にやってくる。見る見るうちに洗面台が撤去され、洗濯機を置いていたバンが外され、洗面所の床が剥がされてコンクリートの床下があらわれる。若い女性建築士のAさんには、ちょうど一年前に、玄関とトイレを改修したさいにもお世話になった。その工事のときには、私は胆石の手術で入院していたので、立ち会えず残念だった。二十代の頃に電気工をしていたので、工事の現場を目にすると、いまでも心が躍る。今日の作業が終わり、罅《ひび》の入っていた壁も落とされた狭い洗面所の空間を連れ合いと眺めながら、壁や床に隠されていた給排水管や電気の配線などをいくぶん得意げに教える。

夕方には、きれいな十五夜がのぼった。

某月某日

洗面所の改修工事が、何とか無事に終了した。天井の二つの照明が希望していたように別々に点滅できなかったり、震災で歪みが出ていたためか造作してもらった棚に洗濯機がぎりぎりで入らなかったり、ようやく収納した洗濯機が初期不良で動かなかったり……、と色々な問題も起こったが、確かに現場というものはこうした問題が次々と起こるものだった、と昔を振り返って感慨を覚えた。

Aさんにはそれぞれに迅速に対応してもらいありがたかった。洗面所が明るくなっていくぶん広く感じられ、スツールを置いてここで化粧も出来る、と連れ合いが喜ぶ。アクセントに入れてもらったブレーグレイの微妙な色調のタイルがいい感じだ。

夕食は、初鰹の刺身。昼過ぎにスーパーで買い物をしてバス停に立っていると、向かいの魚屋のおじさんが店先に出てきて、腕を上げて大きなマルをつくってみせた。前々から、鰹が入らないかと何度も店を覗いたが、今年は鰹が不漁で、まだ値が高いということだった。その鰹が入ったという印だ。遠目にバスが見えはじめていたが、駆け出して道を渡り、店へと飛び込む。バスが信号で止まっていたおかげで間に合った、ふう。

某月某日

明日からヨーロッパへと旅立つので、都内のホテルに前泊する。この機会にと、六月末から読売新聞の夕刊で連載する小説の打ち合わせを夕食を摂りながら行う。約束の午後五時に神保町の中華料理店に足を運ぶと、担当者の文化部編集委員の鵜飼哲夫氏と装画をお願いすることになった樋口たつのさんとがすでに待っていた。

どうやら、原稿が遅い小生への対策として、絵を描く準備期間が必要なので原稿を早めに渡してもらうように催促しよう、と密談していた様子。樋口さんには、『あんちゃんおやすみ』（新潮文庫）の装画を描いてもらったが、お目にかかるのははじめてで、想像していたとおりの童心を失わないような女性だった。

日本に留学していた周恩来が好んで食べたという店の名物料理獅子頭（大きな肉団子のスープ）に舌鼓を打ちながら、連載小説の構想を話していると、樋口さんが大いに関心を寄せてくれ、「大丈夫です、原稿が遅れても何とかしますから」と胸を叩く。うまく仕事が進みそうな予感がする。

某月某日

十六年ぶりに、ノルウェーの首都オスロに十日間の予定で滞在している。当初の数日は、外でビールが飲みたくなるほどの陽射しが出ることもあったが、その後は零度に近い寒さが続いており、冬に逆戻りしてしまったかのようだ。そんな中で、ノルウェーの友人たちとの旧交を温めている。子供たちが大きくなって空いているからと、滞在の部屋を提供してくれたメリエッタには、かつても布団や鍋、照明器具を貸してもらったものだった。

メリエッタの住まいから歩いて二十分ほどのムンク美術館の近くに住んでいる元夫のグナールとも再会を果たした。ノルウェーの公衆衛生研究所で遺伝子研究に携わっている彼は、チェルノブイリの原発事故の前から、放射能が人体に与える影響を研究してきており、福島の原発事故について熱心に議論を交わすこととなった。チェルノブイリの事故があったときには、メリエッタが息子を妊《みごも》っており、とても心配したという。また、あまり報道されないことだが、ノルウェー北部の先住民族であるサーミ人たちは、トナカイによる遊牧・狩猟を行ってきたが、放射能物質を吸収しやすい茸やベリーなどを食べるトナカイの放射能汚染が進んだために伝統的な放牧生活が営めないようになったという。原子力は、人間には制御できない技術であるという点で意見が一致する。

十六年前に、連れ合いとともにオスロ市内のギャラリーで二人展を開いたオースラグは、相変わらずスマートで青みがかった大きな瞳の印象がそのままだった。自宅のアパートメントを訪ねると、壁には制作中のテキスタイル作品がピンで留めてあった。あれ以来、ずっと作品は作り続けてきたが、どれもが制作途中で、個展はまだ開いていないという。

赤い色の布を封じ込め、銀色の細い電線がからみ合ったように編まれた布や、一日、また一日、と時間を刻み付けていくように切り目が入れられたり、感情の動きのように裂いて縦横に伸ばされた布が、縫い合わせられている。それは、一見エキセントリックなようだが、伝わってくる情感はあくまでもやわらかな布の表現で、ずっと観ていても飽きない。物欲しげさとはまるっきり無縁な、作者自身の心の表れのように感じられる隠れた芸術作品をいつか日本に紹介したいと願った。

（二〇一四年六月）

28 野草園六十周年

某月某日

北欧のオスロから空路をフランクフルトまで行き、空港に直結しているICEに乗り換える。列車待ちの間に、オスロの友人メリエッタが早起きして作ってくれたサーモンサンドイッチを頬張る。おいしい。

乗車して、フランクフルトの市街を出ると、すぐに麦やジャガイモの畑が広がった。列車から見える木々のどれもが背が高く、幹も太く、立派に映る。ドイツでは、木を切るときは住民の許可が必要で、みんなで木を守っている、と以前聞いたことを思い出した。

一時間半ほどで、ドイツ南西部の都市カールスルーエに到着した。カールスルーエ市は、人口は約二十八万人だが、経済圏はずっと広くて百四十万人といわれ、日本ならばさしずめ仙台市程度の規模に相当する。三百年ほど前、ここは広大な狩猟用の森で、狩に疲れて昼寝をしていたカール公爵が、「この森に城を中心とした放射状のまちを造れ!」という神のお告げを受けて、城と市街地が建設されたのだという。ちなみに「カールスルーエ」とは「カールの安らぎ」といった意味。サッカーファンなら、ドイツの誇る名GKオリバー・カーンを生んだ土地として有名かもしれない。

ここの郊外にあるメッセ(見本市)会場で開かれるクラフトフェアに出展した連れ合いの手伝いを兼ねての滞在である。駅前のインフォメーションで地図をもらい、駅の向かいにあった動物園を右手に見ながら、重いスーツケースを二十分ほど引いて宿に着いた。

夜は、宿のご主人に教えてもらった近所のビアレストランへ。ドイツ語のメニューがよく分からず、温かいソーセージを頼んだつもりが、冷たいソーセージのサラダだったり、と四苦八苦する。小麦麦芽を主原料としたヴァイスビールは、風味があってうまかった。地元の年配の客が次々入って来るが、思ったよりも静かでおとなしい。

某月某日

カールスルーエから南に三十キロほど行ったところに、ヨーロッパ屈指の由緒ある温泉地として知られるバーデンバーデンがある。この地で温泉が発見されたのは、およそ二千年も前のことで、十八〜十九世紀には、世界中から王侯貴族や文化人がこぞって訪れるようになり、高級温泉保養地として発展したという。

「バーデン」は、ドイツ語で入浴や温泉を意味し、それを二つ重ねて地名となった。二十年近く前に、山寺の「風雅の国」でドイツの弦楽四重奏団の小さな演奏会があり、メンバーに話を聞く機会があったときに、日本の温泉のことからバーデンバーデンの話題となったこともあった。

連れ合いの手伝いの暇を盗んで足を延ばしてみたので、温泉に浸かることはできなかったが、美術館や瀟洒なホテルが点在する小川沿いの並木道など、ドストエフスキーやバルザックも訪れたという高級リゾート地の雰囲気にはいくぶん接することができた。中でも、作曲家のブラームスが十年近くにわたって夏の間を過ごし、名曲のインスピレーションを得たというブラームスハウスを訪ねることができたのは喜びだった。

某月某日

昨夜、三週間ぶりに自宅へ戻った。庭の雑草が伸び放題となっており、枝垂れ桜も鬱蒼と茂っている。若葉だったのが、一気に青葉となっているという印象。隣地の崖下に見える栃は、とんがりの白い花をたくさん付けている。

今朝は、明け方のホトトギスの啼き音で目覚めた。ヨーロッパではクロウタドリの声を多く聞いたので、まだ居場所がよくつかめない心地がした。夜には、「ホッホ　ホッホ」とアオバズクが啼いている声を今年初めて聞くことができてうれしかった。

某月某日

大型スーパーの食料品売場に、白いアスパラガスが並んでいるのを見て、「あ、シュパーゲルだ」と思わず手に取る。

カールスルーエの街中で、ドイツの春の味覚として山積みにされて売られているのをよく目にした。レストランでも、メニューを読むのに慣れると、旬のシュパーゲル料理を色々なところで目にするようになった。グリーンのものよりも甘みがあってジューシーで、繊維がほどよく残って歯ごたえがあり、口の中に入れると濃霧のように甘苦さが広がる味に病み付きとなり、連れ合いなどは、毎日のようにシュパーゲルを口にしていたほどだった。

北海道産だという白アスパラガスは、ドイツのものよりは一回りほっそりしていたが、剥いた皮も捨てずに一緒に茹でてみると、茹で汁には独特の甘さが感じられ、スープにするとなかなかうまかった。月山筍のように皮付きで焼いても香ばしくて、日本酒にも合った。

某月某日

読売新聞に「空にみずうみ」と題した小説の連載が来週からスタートするのにあたって、こんな作者の言葉を寄せる。

〈近頃、空を見ることが多くなった。

晴れ渡った青空はもちろん、梅雨空の雲の切れ目から覗く、みずうみのような薄い色合いにも惹かれる。それらの青は、こちらへ迫ってくるのではなく、遠い憧れのように招き寄せ、彼方の世界を垣間見せるかのようだ。

震災から三年が経ち、心の中に様々な思いを留めながらも、改めて思い知らされることとなった日常のありがたみに心を添わせている人々の姿を、震災後の世界をともに生きている鳥獣虫魚や植物なども交えて描いてみたいと考えている〉。

某月某日

昼過ぎに、自宅から歩いて野草園へと赴く。今日、開園六十周年を迎えたということで、近くに住み、書くものにもしばしば登場させてもらっている作家として話をする。ちなみに、今日で私も五十五歳となり、五歳年上の野草園には、兄貴分といった親しみを抱いている。

幼稚園のときの遠足に始まった野草園との付き合いを振り返りながら、野草園からは、ほんとうに年長の知人であるかのように、いろいろなことを教わってきた、とつくづく思い入った。植物のことだけでなく、きのこ観察会ではきのこのこと、野鳥探鳥会では野鳥のこと、天体観測会では星のこと……。私の書くものに、植物や野鳥が多く出てくるのも、身近に野草園があるおかげに他ならない。

野草園の園内では山百合が盛りで、濃厚な芳香を其処彼処で放っていた。花のすぐ下の葉が半分白くなって化粧しているように見える半夏生《はんげしょう》も見頃を迎えていた。

ちょうど十年前、本欄に「野草園五十周年」と題した文章を寄せた。あれから十年。震災をはじめとして色々なことがあり、あっという間だったような心地がしている。

（二〇一四年八月）

29

青色の時計

某月某日

暑い一日。夏男としては、梅雨明けはまだか、と待ち遠しい思いでいるが、今日も梅雨明け宣言は出ず。

午後、写真家の相田昭さんが、大きなジェラルミンのカメラケースを肩に提げてやってくる。玄関のタタキにいかにも重そうなケースを、どん、と置く。汗が顔中から滴り落ちている。

小川国夫氏や三浦哲郎氏を撮り続けてこられ、最近も五月に「文士の二十面相　澁澤龍彦・吉行淳之介の肖像」という写真展を開いた相田さんから、文壇のパーティなどの後に、スナップ写真を送っていただくようになって二十年ほどになる。昨年の十二月に、文芸評論家の秋山駿さんのお別れ会が東京會舘で開かれたときも、グラス片手に町田康氏と談笑しているスナップが送られてきた。

仕事部屋の机に向かって、九月に出す読書エッセイ集のゲラの著者校正を行いながらカメラに収まった。まだ仕事中なので、ウィスキーのグラス片手にというわけにはいかず、こんなときに以前のように煙草が吸えたら間が持つのだけれど、と少々憾《うら》みに思いつつ。

撮影の後は、夕刻から酒となる。タタキにする皮付きの鰹を買いに行った連れ合いが、魚屋でスイカ割りをするような大きな尾花沢スイカも買ってきた。酒の後のデザートに、大きめに切り分けて食べたスイカは、子供の頃の夏休みを思い出させ、メキシコ人のような容貌をした相田さんも、相好を崩す。

大人だって夏休み、なのである。

某月某日
日本近代文学館が主宰する夏の文学教室で話をする。会場は、有楽町駅前にあるよみうりホール。高円寺のホテルから猛暑の中を向かい、早めに控室に入ると、私の前に話す絲山秋子さんが出番待ちでおり、初対面の挨拶をする。

今年のテーマは、〈「生活」から文学を語る〉。絲山さんの演題は、〈今朝もロミオに起こされた〉とあるので、「ロミオって犬ですか?」と訊ねると、「いいえ、雉なんです」との答え。朝、絲山さんがバルコニーに出ると、下で雉が「ケンケーン」と啼き、ロミオとジュリエットさながらに愛を語る(?)のだそうだ。ちなみに絲山さんは、群馬県の高崎にお住まいである。

そんな話をしていると、〈家族が老いて死んでいく、でも私はこれからも生きる〉と題した講演を終えた伊藤比呂美さんが控室に戻ってきて、やはり初対面の挨拶を交わす。伊藤さんはロサンゼルス在住だが、お父様の介護のために、熊本と行ったり来たりの生活を続けている、と伺っていた。私も、亡き父を看取った経験を『還れぬ家』で書いたこともあり、他人事とは思えずにいた。

伊藤さんは、二十代で詩人としてデビューした後、小説を書くようになり、最近では『とげ抜き新巣鴨地蔵縁起』などの独自の語り物を私も愛読している。「私は説教節を書きたいと思っているんです」との伊藤さんの言葉に、ああなるほどと納得させられる。その後、〈私小説の時間〉

について話す私の出番が来るまで、九月に訪れる予定の熊本の見所を色々と教えてもらう。熊本の水道は、阿蘇からの地下水で一〇〇％まかなわれており、蛇口をひねるとミネラルウォーターが出てくる、日本一うまい水道水なのだとか。
ホテルに着いて、仙台でも今日、ようやく梅雨が明けたとテレビニュースで知る。

某月某日
晴れているが湿気がある。午前中、しとしと雨が降り出したと思うと、そのうちに、空に見え隠れしていたみずうみのような色もなくなり、みるみるうちに空が暗くなった。と、バリバリと雷が落ちる音。あっという間に大雨となり、雨の粒が見えるほど大きくなった。
明かりを消して、稲光のする外を眺める。

某月某日
七夕まつりが終わったとたんに、涼しくなった。
〈秋来ぬと目にはさやかに見えねども風の音にぞおどろかれぬる〉
という古今集に収められている平安時代の歌人藤原敏行の歌は、立秋の頃にうたったものだというが、今年の秋の気配は、平安時代と同じだ、と感じる。梅雨時からかすかに聞こえていた虫の声が、ここに来てめっきり増えた。

某月某日

少し早めに仕事を終えて、連れ合いとともに、タクシーで広瀬橋のたもとの桃源院へ。ワレモコウなどの野の花を亡父の墓前に供える。お盆の中日とあって、まわりのお墓にも多くの花が供えられている。その一方で、持ち主が不明だと記された墓もあって、どうしたのだろうかと胸を衝かれる。

歩いて、長町にオープンしたという北欧発祥の家具雑貨店まで足を延ばしてみることにする。新しく移転した市立病院の前を通り、隣の有料老人ホームの横を過ぎると、青と黄色の見覚えのある建物が見えてくる。

十七年前に、ノルウェーのオスロに暮らしはじめた頃に、同店のオスロ店に初めて行ったときのことを思い出した連れ合いが、懐かしいと感慨を洩らす。オスロ中央駅の近くから出ていた無料のシャトルバスで郊外まで向かい、その広大な敷地に立っていた店で、私たちは最低の生活用品を揃えたのだった。そのときに買った、青色の壁掛け時計は、今でもリビングの壁に掛けてある。高価なものではないが、シンプルで配色のセンスがよいので、ずっと気に入って使っている。

詳しくはまたじっくり来てみることにして、とりあえず今日のところは、台所用ブラシとキッチンクロスを買う。それから、リンゴンベリーのジャム、キャビア、ニシンの酢漬け、パンケーキ……などの懐かしい食べものも買い込む。

某月某日

講談社文芸文庫から、『男性作家が選ぶ太宰治』『女性作家が選ぶ太宰治』と二分冊した太宰治の短篇選が出ることとなり、「マイベスト太宰」を挙げてもらいたい、との依頼があった。それなら「ア、秋」を、と即答したが、残念ながら掌篇なので枚数が少なすぎるということで、「畜犬談」を選ぶこととした（ちなみに、女性作家篇の山田詠美も即答したそうで、「懶惰の歌留多」の怠惰な作家像が他人とは思えないそうな）。

〈私が子供の頃は、野良犬が多かった。犬に噛まれたことがきっかけで吃るようになった私にとって、「私は、犬に就いては自信がある。いつの日か、かならず喰いつかれるであろうという自信である」と書き出される「畜犬談」の、犬に対する愛憎相半ばする感情は、まさに実感された。捨犬を飼うことになる「私」が、最後に反省する「芸術家は、もともと弱い者の味方だった筈なんだ」は、いまでもかくありたいと思わされる言葉である〉。

と選者の弁を記す。他の作家たちがどんな短篇を選ぶのか、今から楽しみだ。

（二〇一四年十月）

30 ムファグァ

某月某日

秋の彼岸を迎えたこの数日、台所から砂糖の甘い匂いがしてきている。連れ合いが、好物の無花果《いちじく》の甘露煮に初挑戦している。東京生まれの彼女は、山形で草木染の修業をしているときに出されて初めて知った味だという。

私が子供の頃は、無花果の木はたいていどこの家にもあり、母親が甘露煮を作るときには、よく命じられて裏庭からもいで来たので、ほかの土地でも同じだろうと思ってきたが、連れ合いが知る限りでは、無花果の甘露煮を食べるのは全国でも宮城、福島、山形、秋田ぐらいではないか、という。

自分でも作ってみたい、と彼女は言っていたが、秋はニットの個展の準備で忙しいので、なかなか機会がなかった。たまたま今年は、一番町で開かれているマルシェで、天童の農家の人がまだ青い甘露煮用の無花果を出しているのを見かけて一念発起した。

市民センターで草木染を教えている主婦のプロである生徒さんたちから、今度は逆に、作り方のコツを電話で教わることに。さっとゆでた無花果に砂糖をかけ、水を入れずに出てくる水気だけでゆっくりとコトコト煮る。

頼まれて味見をしてみると、子供の頃はあまりおいしいと思えなかったが、結構上品な甘さで、ブランデーかウィスキーに合いそうだ。連れ合いは、うまく作れたら、来月初めに個展で訪れるソウルのギャラリーのスタッフたちへの手土産にしたいと思っていたので、一安心した様子。今日は、ふたたびマルシェで買って来て、土産用の本番である。そういえば、無花果の枝を折ったときに出る白い汁をイボにつけると、取れると言われた記憶があるが、皆さんも経験があるだろうか。

某月某日
秋分の日の休日、全国紙の新聞記者のNさんが拙宅を訪れる。Nさんは学芸部のデスクをしているかたわら、没後二十年余りを過ぎても、なお小説が文庫化され、『海炭市叙景』『そこのみにて光輝く』など映画化されて注目を集めている作家、佐藤泰志の伝記を執筆している。今日は、その取材に訪れた。
佐藤泰志氏が四十一歳で命を絶つ直前、私の二冊目の小説集『ショート・サーキット』の書評を執筆してくださり、その礼状をしたためたことがあった。遺族から、書簡の提供も受けているというNさんから、そのときの手紙の文面を確認されて、往時のことをあれこれと思い出す。編集者を通して、何度か酒を酌もうとしたことがあったが、互いに世に出る前だったので、生活に追われて時間が合わなかったことが悔やまれる。
場所を本町のブックカフェ『火星の庭』に移し、夜の文学散歩の特別拡大版として、書評家の岡崎武志氏と映画『海炭市叙景』プロデューサーの越川道夫氏を招き、「『海炭市叙景』をたずねて」というトークを行った時の話を、オーナーの前野久美子さんも交えて話す。せんだいメディアテークで行い、盛況だったあのときは、震災の直前にあたっていたことをあらためて思い出す。

夕刻から近くの居酒屋で一献。佐藤泰志の小説のファンだという、せんだいメディアテークの若者二人もやってくる。

某月某日

午後一時四十分発のアシアナ航空の旅客機で、仙台空港を発って韓国へ。空港では、閖上の赤貝をはじめ、名取の名産品の特売所が出ていた。台風の影響か、韓国からの飛行機が遅れて到着し、フライトが三十分遅れたが、直行便はやはり便利だ。待っている間も、新聞連載の小説を書き続ける。

機内では食事が出て、プルコギ風の炒め煮。隣のふくよかな韓国の女性が、「辛いけどおいしいよ」と日本語で言って、チューブ入りの辛味噌を混ぜて食べる。この路線で旅慣れている様子に見える。真似てみると、確かに、おいしくなった。機内は、思ったよりも韓国人客が多く、結構仙台を訪れていると再認識させられた。

三時過ぎには仁川空港に到着。三年前に来た時とはちがって、入国審査で指紋押印、カメラ検査の義務があり、長い列ができた。高速バスでソウル市内の安国（アングッ）へ。スーツケースを引いて、仁寺洞（インサドン）の通りを歩き、午後七時前にホテルに到着。

フロントに、連れ合いが個展を開くギャラリー「阿園工房（アウォンコンバン）」から紙袋が届いていた。部屋で開けてみると、差し入れはりんご二個、黒紫のぶどう一房、くるみやピスタチオのつめあわせ、そして日本語の手紙。心配りに感謝する。

某月某日

昼過ぎから、三清洞（サムチョンドン）にあるギャラリーで展示を行う。仁寺洞の店のスタッフのユヒョンさんが、日本語ができるので手伝ってくれるということでホテルに迎えに来てくれた。昨夜の差し入れも彼女から。再会を喜び合う。

仁寺洞から三清洞へと向かうあたりは、三年前に比べて、小さな雑貨店、カフェ、食べ物屋などが並んでずいぶん賑やかになった。街路樹の銀杏には、ギンナンが鈴なり。

地上三階、地下一階の建物のギャラリーに着くと、まずは三階の店でヨモギ茶を飲みながら打ち合わせをする。オーナーのインジョンさんは相変わらず物柔らかな印象。その後さっそく、ユヒョンさん、ここのギャラリー担当のウンジュンさん、DMなどのデザインも担当するユナさんたちと展示作業に入る。女性スタッフたちが、物慣れた様子で、脚立に乗っての作業などもてきぱきとこなしていくのに、連れ合いともども感心させられる。私も、電気工だったときの昔取った杵柄で、トンカチ仕事などを引き受ける。いまは工具を手にすることがあまりないので、実は展示を手伝うのが楽しみでもある。

某月某日

無事、個展の初日を迎えた。終日ホテルで執筆し、夕方から個展会場で開かれるオープニングパーティーに顔を出す。

キムチ、韓国餅のトック（ヨモギ味、軽く油であげた黒砂糖味、エンドウ豆の入ったきなこのようなものをまぶしたものの三種）、キンパ（韓国風のり巻き）、高菜入りの小さいおにぎり、海鮮チヂミ、インジョンさんのご主人で画家のソンさんが作ったタコときゅうりと玉ねぎの酢の物、韓国宮廷料理研究家のチェさんが持ってきた小松菜のキムチ……、などがテーブル一杯に並び、紙の取り皿でとるようになっている。赤ワインもあった。

その中でも目を惹いたのが、蓮の葉を浮かべた蓮茶、ロータスティー。生の花を大きな椀に入れ、上から湯をそそぐと、見る間に白い花弁が椀の中に広がった。大きな木のスプーンで湯飲みに入れてもらって飲むと、ほのかに甘い香りと、草むらのような青い匂いがたち、味は淡泊で、とろりとした舌触り。これを飲むと二日酔いにならないという。

連れ合いが持参した無花果の甘露煮も好評で、無花果の韓国語の「ムファグァ」と頷きながら、ドライフルーツになっているのはあるが、これは珍しい、と皆つまんでいた。

（二〇一四年十二月）

31

作並温泉再訪

某月某日

野間文芸賞の候補作を集中して読むために、作並温泉へ行く。送迎を頼んだ宿のマイクロバスが山あいに入ると、あいにくの雨模様にもかかわらず紅葉がきれいだ。

部屋に入って窓を開けると、覚えのある甘い匂いがして、見回すと、やはり黄葉した大きな桂の木があった。さっそく露天風呂へと向かい、着替えながら少し複雑な気持ちとなる。三年半前の地震発生のときは、英国人の客を案内して、ここの露天風呂に浸かっていた。斜面の岩に積もっていた雪が粉状に降り注いだ、と思った次の瞬間、細かく砕けた礫がいくつも転がり落ちてきて……。

あのとき、客人を促して急いで駆け込み、激しい揺れに崩れるかと思った脱衣所の天井をしばし眺める。

某月某日

小説の創作講座の生徒で、震災後、農業に従事しながら小説を書いているA君からいただいた新米を炊いてみる。

このところ、なんとなく電気を使う炊飯器はしまって、米はガス火にかけた土鍋で炊くようにしている。ノルウェーにいた頃も、ご飯当番は当方だった。ふんわりとして、つやつやしていて粘り気があり、おかずのようなご飯だと連れ合いが言う。おかずの鯵の塩焼き、ジャガイモと玉ねぎの味噌汁もうまい。
味噌も今年のものに変わり、これも出汁の風味を引き出していておいしい。今年の味噌は上々の出来。

某月某日
木枯らしが吹いた朝、私が編集人をつとめている同人誌の書き手である青森のMさんから、家庭菜園で作った丸々と太った大根が一箱届く。さっそく近所にもお裾分けをし、坂を下りて魚屋に秋刀魚を買いに行く。今年最後の名残の秋刀魚となるだろうか。一軒からは、大根のお返しに筑前煮をいただいた。
夕めしは、日本の秋の味覚を堪能。

某月某日
午後、晴れ間が出たので、連れ合いはいただいた大根を千切りにして三つの笊に入れ、ベランダの木製のベンチの上に干して、切り干し大根を作り始める。夕方、取り込むときに見ると、早くも少し縮れはじめていた。

某月某日
大佛次郎賞の選考会で上京する。

今年の選考は、意外とすんなりと決まり、長谷川郁夫氏の評伝の大作『吉田健一』が受賞作となる。吉田茂の息子として生まれ、食と酒、旅を愛した、批評家、エッセイスト、小説家が渾然一体となった文学者である吉田健一をめぐる、まさに巻《かん》を措《お》く能《あた》わざるの一冊である。

選考後、せんだいメディアテークの館長でもある京都在住の哲学者の鷲田清一氏と雑談する。鷲田さんも、メディアテーク一階のカフェのカレーが好物とのこと。

某月某日

来月で阪神淡路大震災から二十年を迎える神戸を訪れる。ちょうど姫路で、連れ合いの個展が開かれているので、そちらへも顔を出す。ギャラリーのオーナーは、私も好きな、宮城県美術館でも人気のある『ポアソニエール』の画家である海老原喜之助の孫娘だということで、いつもデッサンを描いていたという祖父について、いろいろと興味ある話を伺う。ギャラリーでは、雑種犬のポン吉がおとなしく寝そべっている。

その後、神戸の新長田駅で、震災後に仙台に赴任していたこともある朝日新聞のT記者と待ち合わせて、駅近くの大正筋商店街を歩く。師走の風が冷たくシャッターを閉めた店も目立つ。「ここの復興は失敗やった」という、うどん屋のご主人の言葉に考え込まされる。東北の復興を思うと、他人事ではない。

某月某日

師走の中での衆議院選挙の投票日。寒い一日となった。昼過ぎに向山の投票所へと赴いた足で街へと出ることにする。

愛宕大橋の袂でバスを待っていると、全国実業団女子駅伝の走者が通過するので、しばらくバスは運行中止とのこと。初めての駅伝見物がてら、歩いて行くことにする。見る見るうちに、沿道には道路整理の人が出て、道にはコーンが置かれ、ダイハツ、しまむら、キヤノン、ワコールなど……、社名の入ったのぼりを手にし、揃いのウェアを着た応援の人たちで一杯となる。やがて、選手たちが走ってあらわれると、小さい男の子が興奮したように、「がんばれー」と手を振る。

某月某日

野間文芸賞の授賞式で上京する。

今年は、選考会で私も推した笙野頼子さんの『未闘病記　膠原病、「混合性結合組織病」の』に決まった。私小説は、作者自身の内面を描くものだ、と思われているかも知れないが、実は作者の五感（痛覚も含め）を通して感受し認識した他者を書くものでもある。自己免疫疾患である膠原病という他者を、まさに身を以てリアルに描き出した本作は、そうした私小説の独自な達成だと評価した。また、深刻な内容でありながら、病を他者として突き放すところから生まれた滑稽さが感じられるのも、闘病記が文学となっている証だと感じられた。

帝国ホテルの会場から近くに場所を移しての二次会では、隣に座った、この夏に芥川賞を受賞した柴崎友香さんから、江戸時代の津波の碑がある大阪の大正橋のことを毎日新聞に書いたエッセイを読んだ、と言われて嬉しく思う。「すぐ近所で生まれ育った」そうだ。

某月某日

クリスマスも過ぎた今夜は、拙宅に、マンションのおかあさんたちが肴を持ち寄っての「おつかれおかんの会」。この日小生は、ホスト役となって、お酒のサーブをする。実は今日が誕生日、と一人が言い、一同で祝う。

三十年も前の仙台のディスコの話で盛り上がり、それから自ずと震災当日の話に。皆よく話し、気が付くと深夜十二時を過ぎていた。帰宅は同じ建物の中なので楽である。

某月某日

正月気分も抜けて、例年の木山捷平短編小説賞の選考（今年は、仙台在住の方の作品が最後まで受賞を競った）で西日本へ赴いた帰途、新幹線を浜松で途中下車して、東海道本線に乗り換え、弁天島へ足を運ぶ。

遠州灘に接した浜名湖を新幹線が通る度に、新幹線がこんなに低く海のそばを走るところはないのではないだろうか、と震災以降気にかかるようになった。閖上《ゆりあげ》を新幹線が走っている感じである。

調べてみると、やはり浜名湖にも大津波が来ていた。もともと淡水湖だったのが、一四九八年の名応津波によって海とつながり、汽水湖となったのだという。湖と海を隔てていた砂堤が決壊した場所だという今切（文字通り「今切れた」という意味である）まで、小一時間かけて湖岸を歩いてみた。

（二〇一五年二月）

32

懐かしの「甲の舟」

某月某日
デパートから雪平鍋の落としぶたが入ったという電話があり、連れ合いがさっそく受け取りに行く。最近はめっきり和食が増え、出汁を取ったり煮物を作るさいに、和食屋さんにあるようなアルミの雪平鍋が欲しいと思うようになった。
正月の初売りのときに見たが、ぴったしの木の落としぶたの在庫がなかったので、注文して鍋と一緒に取りに行くことにしたのである。帰ってきた連れ合いから渡されて手にしてみると、二十四センチの大きさで厚みもあるので、結構持ち重りがする。名前の由来となっているとも聞く、雪のような打ち出しの模様がきれいだ。木の持ち手の部分は、取り替え可能とのこと。連れ合いが、さっそく出汁をひきはじめる。

某月某日
今日の夕めしは、雪平鍋で作った鶏の治部煮。煮汁にとろみが付き、なかなかうまそうだ。こちらは、粉ワサビを溶いてその上にのせ、ミルクパンで日本酒を燗する。
このところの風呂は、温泉成分の入った入浴剤を入れて、〝お家温泉〟。正月から、新聞連載と、作家になって三十一年の間に書き溜めた小説論集の冒頭の書き下ろし部分の執筆に追われており、身体のほうぼうも凝っているので、温泉に行きたいところだが果たせないので、せいぜい自宅で温泉気分を味わっている。気のせいかもしれないが、身体が温まり、朝までぐっすり眠れることが多い。

某月某日
正月を返上して書き下ろしを追加執筆した私にとっての初めての小説論集『麦主義者の小説論』が、旧正月の頃となって上梓の運びとなり、岩波書店の担当編集者から見本が送られて来る。装幀は、一昨年の暮れに出版された長篇小説『渡良瀬』でも世話になった桂川潤氏で、前著ではデューラーの画「祈る手」の扱い方に感心させられたが、今回はタイトルの手書き風の文字に目を惹かれた。編集者を通しての説明によると、タイトルの手書き風の書体は、重要文化財「黄檗山万福寺鉄眼一切経」の十七世紀初頭の木活字をもとに作っているとのこと。また、裏表紙には、古代漢字学の白川静が編纂した『字統』から、中国の古い書の「麦」の字を、背表紙にはアメリカの民衆版画の麦が置かれてあるということで、やはりプロの装幀家の仕掛けは違う、とうならされた。

某月某日
本欄の原稿の締め切りを伝えてくる編集長からのメールで、次号の特集の一つが「宮城の甘いもの」と知らされる。それを読んで、『渡良瀬』にも登場させ、『麦主義者の小説論』にも『暗い流れ』の解説を所収した、小説家であり樋口一葉の研究家でもあった和田芳恵にまつわるエピソードを思い出した。

生前の和田芳恵とは面識がなかったが、氏の墓所がある茨城県の古河市の隣町に一時住んでいたことがある。生前に自らの手で書かれてあった「寂」という一字を彫り込んだ、筑波の山麓から運んだという自然石の墓標に、たまの休日に詣でて、線香の代わりに煙草のピースを供えるのが、電機工場で働いていたその頃の唯一の文学的な行動だった。本の口絵写真でしか知らない、深い皺の刻み込まれた和田氏の風貌を思い浮かべては、工場の熟練した職人とも共通する深く耐えた人の顔立ちだ、と私は感じ入ったものである。

そんな縁から、二十年近く前に、古河市の蕎麦屋で昼酒を呑みながら、和田芳恵の未亡人の静子さんに思い出話をゆっくりと伺ったことがあった。

「和田の女性問題で心身疲れ果てていたときに、知人がいる仙台に呼ばれたことがあり、市電に乗って舟丁で降り、川岸に立っている白壁造りの懐かしい感じのお店に行って、色とりどりの飴と駄菓子の並んでいるケースを覗いていると、まるで夢の中で遊んでいるような心地がいたしました」

という静子さんの、仙台駄菓子の石橋屋でのことと思われる話が、今でも印象に強く残っている。

某月某日

三時のお茶を飲みながら、私も仙台の懐かしい菓子のことを思い出した。

子供の頃、客があると、「これで『甲の舟』を買っといで」と母親に千円札を渡されて、近所の小さな菓子店におつかいに行かされたものだった。そのたびに、足取りはスキップしたくなるほど軽くなった。すぐに崩れてしまいそうなほど、かさかさふわふわとしたブッセにバタークリームが挟んであるその菓子は、大好物だったからだ。

その後、道路拡張のためだっただろうか、小学生か中学生の頃に店がなくなってしまった。ずっと残念に思っていたところ、作家となってからＮＨＫ仙台放送局の番組に呼ばれたときに、お茶請けに「甲の舟」が出されてびっくりした。聞くと、番組のレポーターをしている女性の実家が甲の舟本舗で、ＮＨＫの近所の上杉に店が移ったのだという。

六年前に亡くなった父親の法事の席でも、従兄弟たちから「遊びに行くと出してもらったクリームの入ったお菓子が楽しみだった」と懐かしがられた。いまでもご健在なら、今度、上杉の店にも足を運んでみようか。

某月某日
ずいぶんと春めいてきてスギ花粉が飛散する季節となった。喘息の咳が長引いているので外出を控えていたが、宮城県美術館で開かれている「わが愛憎の画家たち——針生一郎と戦後美術」展が最終日となったので、マスクをして出かけることにする。
朝早く起きて、新聞連載の小説「空にみずうみ」の二回分を書き上げ、昼前に家を出ることができた。美術館に足を運んだときには、中に入っているレストランでランチを食べるのを楽しみにしている。展示を観る前に、生パスタを使っているトマトソース味のスパゲッティに、（仕事を終わらせたのでいいだろう、と自分に言い訳して）グラスの赤ワインを注文し、中庭の見える窓際の席で昼食を摂る。

天気も良くて暖かく、外のテラス席で食事をするのも愉しそうだが、花粉が飛んでいそうなので今日は我慢する。それでも大きく切り取られた窓から春の陽射しが差し込む明るい店内は、心地よい。

食事を済ませ、戦後美術の数々の展示を見て回る。アバンギャルド、抽象的な美術作品に付けられた文章を同時に読みながら、高校の先輩である氏の評論に教えられて美術を見はじめた頃のことをあらためて振り返った。

出口近くで流されていた氏のビデオ映像を視ながら、私が十八の頃に文学評論の拙文を読んでもらいに川崎市生田の自宅を訪れたときと、氏が亡くなる一年前の二〇〇九年の「野間宏の会」の会場での、二度お目にかかれた在りし姿を偲んだ。

（二〇一五年四月）

33

四年ののち

某月某日

今日は月の暦では二月七日。二〇一一年三月十一日と同じ月がのぼるので、震災から四年目を迎えるのは、ひそかにこの日と心に思いなしていた。春らしい陽射しの出た日中だったものの、半月に少し欠けた七夜の月が南西に見えた夕刻は、さすがにまだ肌寒さを覚える。一昨日の昼間は雪がちらついていた。三日前には、東京で桜の開花が発表されたが、我が家の庭の枝垂れ桜は、赤い蕾が見えはじめたもののまだ固い。

今日一日は、なるべく心静かに過ごすように心がけ、夜は寝床でポーランドの現代音楽家ヘンリク・グレツキの交響曲第三番を聴いて眠りに就いた。昨年の五月に、ドイツのカールスルーエでバーデン州立歌劇場のオーケストラの演奏会で初めて耳にして以来、純化された悲しみの表現にずっと惹きつけられてきた。グレツキは、当初は前衛音楽の作曲家だったが、この曲は、全楽章を通して、ゆったりとした繰り返しの穏やかな旋律が基調になっているので、馴染みやすい。ソプラノで歌われる、十五世紀ポーランドの祈りの言葉、第二次世界大戦末期に囚われた十八歳の女性が独房の壁に書いたとされる祈りの言葉、戦いで息子を失った年老いた母親の悲しみの歌詞に耳を傾ける。粘り強く悲しみ続ける表現がここにはある。

某月某日

ひさしぶりに花見日和の晴天となった。新聞連載を一回分書き上げ、午後四時過ぎに家を出て、尾根伝いを歩いて八木山方面へと向かう。東北放送の敷地内の見事な桜をはじめ、さまざまな桜を目にしながら、ゆっくり一時間ほど歩いて、庭の桜を愛でながらの宴に誘われた年長の知人宅に到着する。庭は小公園と呼べるくらいの広さがあり、山毛欅《ぶな》、紅葉《もみじ》、山法師《やまほうし》、ピンクの四《し》手《で》辛夷《こぶし》、棗《なつめ》、ジューンベリー、山茱萸《さんしゅゆ》、三椏《みつまた》、一位《いちい》……などがあり、そして、満開の紅枝垂れ桜。

まずは熱々のオニオンスープをいただき、九州から送ってきたという筍の炊いたん（料理上手な夫人は京都出身なので、そう呼びたい）、鶏肉のミートローフ風、アスパラとさやえんどう、春のお寿司弁当、はまぐりの潮汁のご馳走にあずかる。一升瓶から注ぐ日本酒もすすむ。桜にも増して、春に一番早く芽が出るという山毛欅の新緑がことのほかきれいだった。

某月某日

昼過ぎ、曇天の下を向山のお寺の境内で月に一度開かれている骨董市に出かける。「骨董市」と書かれたのぼりが立っているが、誰もいない、と思いながら近付くと、テントが見え、三店ほどの店が出ているが店仕舞いをしている。

眼鏡をかけたおじさんが、「雨降りそうだから店じまい」と言った。その向かいの店のおじさんは、山形の山辺から来ており、竹の籠が下がっているのに目を留めておろしてもらっていると、「それ、背負えるよ」と、さっきの眼鏡のおじさんが言った。たぶん弁当入れで、一万五千円にしているが、一万円にするという。背負い紐の部分も、竹で細かく編まれていてなかなか風合いがある。

眼鏡のおじさんのところでは、卒塔婆のような板が二枚あり、何をするものなのかと訊くと、漆の仕事のときに、塗ったものをこの上に載せて乾かした、という。結局、これという欲しいものとは出会えなかったが、骨董市は楽しく、ものを見る勉強にもなる。来月もまた来よう。

某月某日

二月に岩波書店から出した初めての文学論集『麦主義者の小説論』を担当してくれたYさんとの打ち上げをようやく自宅で行う。小生は新聞連載、Yさんは戦後七十周年ということで、各界の人々にインタビューする企画があり、なかなか時間が取れなかった。乾杯のあと、映画「ひめゆりの塔」に主演した香川京子さんへのインタビューの話などを伺いながら酒を酌む。

今日のために用意しておいた肉があった。先月、三重県の津市に陶芸家川喜田半泥子の展覧会を観に行ったときに、連れ合いの草木染の生徒で結婚して近くの松阪市に住んでいるNちゃん夫婦と、夕食を囲んだ。そのときに松阪牛の話となり、比較的安価で買える地元人御用達の肉屋があると教えられ、いつでも買って送ってくれるというので、ありがたくお願いすることにした。その肉が先週届いていたのである。陶板で焼いてみると、確かに肉は味が濃く、おいしい。Yさん曰く、奥歯でさくっと噛みきれるのがおいしい肉だそうで、これがまさしくそうだ、と喜んでくれ、用意した甲斐があった。

中上健次が、「フランスとかアメリカには松阪牛みたいな、あんな芸術品はないですよ」とフランスの哲学者デリダとの対談で言っていたことを思い出した。

某月某日

十一ヶ月間新聞連載してきた「空にみずうみ」の最終回をようやく脱稿する。今回は、十六の章を持つゆるやかな短篇連作の体裁となった。最終章は迷った末に「四年ののち」とした。

今回の小説では、震災のことを直接的な表現にすることは避けたが、四年の歳月が経った日常を、事細かく心を込めて描くことにつとめたつもりである。自宅のベランダで雨音が水琴窟の音を奏でているのに気付くことから書き始めた最後は、近所の野草園の本物の水琴窟を聴きに行くことで締めくくることにした。

書き終えた夜も、グレツキのシンフォニーを聴く。連載のあいだに、同じ曲のCDが三枚たまっていた。

某月某日

新聞連載が終わるまで先延ばしにしていた水辺を訪ねる取材で、大崎平野、岩出山を訪れる。田植えの時季、稲作が始まって以来の日本の水辺の光景である水田を眺めながら思いをめぐらせようと思った。今年の春は雨が少なかったこともあり、例年よりも田植えが遅れているということで、まだ代掻きしか済んでいない田んぼも目につく。

伊達政宗が外堀であるとともに灌漑用水路としての機能を持たせるために開削した内川べりを、仙台藩の学問所だった有備館まで歩く。東日本大震災で倒壊し、三月に復旧工事を終えた茅葺きの書院造の建物を感慨深く眺める。

夜は、川渡温泉の茅葺き屋根の母屋がある宿に泊まることにした。晩飯後、宿の主人と、震災の夏に被災しながらも母屋の屋根の修理に来てくれたという、同じ水辺に関わる取材で以前訪れた北上川の葦原のそばに会社がある茅葺屋根工事を行っている職人さんたちの話となり、ここでも、おのずと〝四年ののち〟を思わされることとなった。

（二〇一五年六月）

34　庭にくる鳥

某月某日

昼前の新幹線で上京する。旧知のアメリカ人映画監督のジョシュア・オッペンハイマーが新作の試写で来日することになり、ちょうどこちらも新聞小説の連載を終えた身なので、東京で久闊を叙することになった。

ＪＲ駒込駅前のホテルに荷物を預け、試写の会場である早稲田大学の小野講堂へと赴く。二十歳前後の頃、高田馬場にあったフリーライターたちの共同事務所で四年間働いていたので（それがいわゆる〝私の大学〟である）、早稲田の古本屋街にはよく足を運んだ。早稲田大の友人に誘われて、文学サークルの部室にもときどき顔を出したものだった。西早稲田の自宅から、「大波小波」という匿名の文学コラムが載っている東京新聞の夕刊を買いに高田馬場駅まで歩いてくる、作家の野口冨士男を見かけたこともある。黒い革ジャンならぬ〝ビニジャン〟を羽織った渋い佇まいだった。

そんなことを懐かしみながらキャンパスを歩いた。ジョシュアの新作『ルック・オブ・サイレンス』は、一九六五年にインドネシアで起きた百万人以上の大虐殺の殺人の加害者たちに再び殺人の行為を演じさせた前作『アクト・オブ・キリング』の姉妹編ともいうべき作品で、兄を殺された青年のアディが、ジョシュアと共に加害者のもとを訪れ、「あなたはなぜ兄を殺したのですか」と質問し、見つめ返すという内容だった。その真摯なまなざしが何よりも印象的で、死者を含めた〝まなざしの映画〟だと感じた。
パネルディスカッションの後、高田馬場の居酒屋で山形の映画祭以来となる酒を酌む。映画の場面場面で聞こえる虫の音が印象的だったことをジョシュアに告げると、何種類かの虫の音を、場面に応じてミックスしたそう。確かに、沈黙というのは、無音とは違う。日本では、秋に虫の音を愉しむ、と言うと、びっくりして興味を示していた。

某月某日
仕事場の庭の向こうの雑木の斜面に生えているシュロに、つがいらしい二匹の鳥が止まっている。ムクドリほどの大きさで体はオレンジがかっており、くちばしが黄色い。眼の周りに白い帯があるのを見て、ガビチョウだとわかった。
震災以降、いつからか甲高く澄んだ声で「ホィピー、ホィピー」とにぎやかに啼き募る声を自宅の周囲でよく耳にするようになったが、姿を確認したのは初めてだ。

某月某日
曇りときどき雨。雨の降りはじめや止むとき、天気の変わり目には庭で野鳥たちがよく啼く。最近は、腹が茶色い山雀が「ジュージュー」と自宅の枝垂れ桜の上で啼いている。さえずりは「ツツピー」だが、これは地鳴きか、と聞いていると、つがいのもう一羽がやって来た。

某月某日

朝起きると、相変わらずの梅雨空の下、今日は雉鳩のつがいが庭のフェンスの上に仲良く止まっていた。一羽が庭に降りて歩き出すと、もう一羽も下に降りた。ゆっくりゆっくり一歩ずつ一歩ずつ歩いている様子が老夫婦のように見えた。

庭にくる鳥たちを見ていると、物理学者の朝永振一郎の名随筆『庭にくる鳥』を思い出す。そこで朝永さんは、〈のせた雑文は、えさ台に残された鳥の糞からぽつりぽつりと出てきた木の芽みたいなところもある〉と記していた。

また、朝永さんは、小学生の低学年の頃、いまでいう登校拒否児だった。その理由は、習字が大嫌いで、お前はなんてこんな下手な字を書く、と先生にけなされたからだという。幼少の頃からの天才伝説の類よりも、私には、こんなエピソードの方が好ましく思えて、朝永さんには人間的な親しみを覚えているのである。

某月某日

以前から一度は訪れようと思っていた「高村山荘」を観に、花巻に来ている。

東北新幹線を新花巻で降り、予約しておいたレトロな趣の観光ジャンボタクシー〝あったかいなはん花巻号〟に乗り込んだ。一人千円で、花巻の主な観光地をまわることができる。三十二年ぶりに展示をリニューアルしたという宮沢賢治記念館から高村山荘へ向かう途中、寄ってもらったイギリス海岸のあたりの北上川は、水嵩が増しており、川幅広く滔々と流れていた。大きな胡桃の木がある案内板のところでしばし車を停めてもらうと、向こう岸の林から郭公の啼き声が聞こえ、雉も啼いた。

車中の会話では、運転手さんは釜石で魚屋をしていたが、津波に店舗を流されて内陸部へ移り住んだということだった。岩手、宮城、福島を歩くと、どうしても震災の話となることが避けられない。震災後、瓦礫撤去の仕事をしていたので、アスベストを相当吸ってしまったかもしれない、最初は、普通のマスクでやっていたし、とも言う。

高村光太郎が敗戦後七年暮らした高村山荘の周囲は、山法師の白い花がたくさん咲いていた。隣地は麦畑で、麦秋のけしきとなっていた。山荘というよりも小屋といった方がふさわしい陋屋《ろうおく》は、地元の人たちが保存のために建てた套屋《うわや》の内側にあった。〈三畳あれば寝られますね。／これが小屋。／これが井戸。〉「案内」という詩の冒頭を思いながら、障子に書かれた日時計、どぶろくを入れていたらしい壺、板を渡しただけの棚に並ぶ雑誌、流しに竈……などを眺める。光太郎は、戦争責任を引き受けここで隠棲した生活を自身で「自己流謫《るたく》」と呼んでいた。

某月某日

梅雨の晴れ間に恵まれ、連れ合いはシーツ洗濯に衣類の陰干しと忙しい。私も布団干しを手伝ってから仕事場へ。

夕刻、十年前に実生から育てて七十センチほどの背丈となり、植木鉢では狭苦しそうになった椿を庭へ移植した。移植には梅雨時がよい、と前々から聞いていた。植木鉢の中で、根っこが渦を巻いていたのを、さぞ窮屈だっただろう、と見遣った。底には、なめくじもへばりついていた。

某月某日

梅雨明け間近を思わせる暑い日、仙台光原社で開かれている倉敷ガラスの小谷真三さんの作品展へ足を運ぶ。倉敷の民藝館や盛岡の光原社などで、吹きガラスで作られた水差しやコップを目にし、前々から楽しみにしていた。

工業生産ではなく一人で手作りするスタジオグラスの日本の先駆者である小谷さんも八十四歳になられた。「健康で無駄がない」「真面目」「威張らず」「作家にならない」の四原則を心に刻んで仕事を続けてこられたという。小皿二枚、緑がかったブルーの花瓶兼酒瓶（首がちょっと傾いているのが好い）とぐい呑みを買う。この夏は、これで冷酒を呑むのが楽しみになった。

（二〇一五年八月）

35

彼岸花

七月某日

今回から、月日の月の方を表記することにした。さて、仙台はまだ梅雨が明けていないが、大阪は三十五度を超える猛暑である。そんな中、大阪府の南西部にあたる泉州をひさしぶりに歩く。

私が泉州を訪れるようになったきっかけは、二〇〇五年のクボタショックを受けて、かつて我が国のアスベスト産業の一大拠点だった泉南地域を取材したことだった。このあたりは、気候的には瀬戸内海の一番端に位置するので、雨が非常に少なく、昔から綿花が栽培されていた。さらに、灌漑用のため池が多いので、その水路を使って水車を回して動力源とした工場がたくさんあり、特に屑綿を使った紋羽（足袋の底に使用する布）の製造工場が多数あった。その紡績技術を取り入れて明治四十一年に現在の泉南市において創業されたのが石綿紡績のはじまりとされる。

九年前に、それらの石綿工場の跡地を歩いたのも、やはり盛夏のこの時季だった。最大手だったという工場裏にもため池があり、戦前から貧しい家庭から出稼ぎに来てアスベスト工場で働く若い女性が、肺を患っても故郷に帰れず、前途を悲観して身投げをすることが何度かあった、と地元の古老から伺った。

そんなことを振り返りながら、強い陽射しが照りつける中、ため池を回る。青灰色のナニワトンボを見かけた。泉州のため池の歴史は、水田耕作が始まった弥生時代にまでさかのぼる。岸和田の有名な「だんじり祭り」も、ため池築造者に感謝するという意味合いもあるのだそうだ。

七月某日

九月に出る『空にみずうみ』のゲラ直しの合間を縫って、大腸検査の容器を提出しに、太白区役所まで出かける。バスが東北工業大学の長町キャンパスを通りかかると、草の斜面ぎわに造られた小屋に白黒二頭の子ヤギがいるのが見えた。

ひと月ほど前の新聞で、キャンパスの広大な緑地の草刈りに、ヤギが一役買っているという記事を読んで、一度目にしたいと思っていた。世話は学生たちがしているという。ヤギは、一日に約四キロの草を食べ、フンもあまり臭くないということだから、我が家の草むしりにも借り受けたい、と連れ合いが羨むことしきり。

梅雨明けとともに連日の猛暑が続いているので、長町の商店街で尾花沢スイカを買って帰り、三時の休憩に食べる。甘くておいしい。夕刻には、ブルームーンの満月がのぼった。

八月某日

待ち侘びていた泉州名産の水なすが届く。九年前に初めて訪れたときに口にして以来、好物となり、今回は泉佐野市の農産物直売所から、日頃お世話になっている方たちへのお返しとともに、自宅へも送ってもらったのである。

糠で浅漬けされ、一つずつ丁寧に包装紙にくるまれた水茄子は六個あり、説明書きによると、漬かり具合で毎日ちがった味が愉しめるという。まずは、さっそく一個、手で裂いて食べてみると、水分をたっぷり含んで、漬け物というよりは果実のようなジューシーな味わい。この味は、ため池が点在する泉州の気候風土と密接な関わりがあるのだろう。

「暑い夏にさっぱりとした味わいで、ビールも進みました！」「初めての味で、おいしいので一個は古漬けになるまで取っておこうと思います」などとお礼のメールや電話も届き、喜んでいただけてよかった、と安堵する。

八月某日

仕事を早めに切り上げて、南町通のギャラリーで開かれている「栗駒正藍冷染《しょうあいひやしぞめ》展」へ。

正藍冷染は、栗駒の千葉家に伝わる日本最古の染色技法で、藍草、楢を焼いた炭、麻布とすべて自家製なのに加えて、藍瓶を用いずコガと呼ばれる木桶に藍を建て、そのときに人工的な熱を加えないのが正藍に加えて冷染とつく所以である（3・11で炭窯が崩れたと聞いて案じていたが、復旧してなによりだった）。

私も、十年以上前に一度工房を訪れたことがあり、そのときは、昭和三十年に人間国宝になった千葉あやのさんの娘である、よしのさんが九十四歳でご健在だった。現在は、嫁のまつ江さんにと引き継がれ、今年の染め上がりはどうだろうか、と仙台の個展で観るのを毎年楽しみにしている。

私の仕事部屋に下がっているのは、数年前の個展の折にもとめた型染めの鳥が描かれた暖簾である。使い込まれることによって、よい風合いが増してゆく、というようなたたずまいの染布を眺めながら、「自分の書く物も、職人の潔い手仕事のようであれ！」と、日々心の中で念じている。

九月某日

シルバーウィークの連休を前にして、『空にみずうみ』（中央公論新社）の見本が届けられる。新聞連載中も挿絵でお世話になった樋口たつのさんに本の装画もお願いした。出来上がった本の表紙カバーには、ほっかぶりふくろうをはじめ、チョッキリ、カモシカ、セミ、ヤマボウシの赤い実、合歓の紅い花、桂の葉っぱ、四角い縁の眼鏡、赤い鍋、コーヒーカップ、鉛筆や万年筆、そして蛇のにょろＱ……など、小説に登場したかわいいものがいっぱい。

連休明けには書店に並ぶと思うので、手に取ってみていただければ嬉しい。巻末には、作中に登場した長年親しんできた本たちの面々も紹介させてもらった。

九月某日

連休に入ったが、仕事が立て込んでおり、息抜きの散歩の折に野草園の前を通りかかると、フェンスぎわに秋の彼岸を前にしてたくさんの彼岸花が咲いているのが見える。

ふだんは何も生えていなかったところに、突然茎が突き出てきて、まるで計ったように、秋の彼岸の時季になると真っ赤な花を付けるさまは、毎年のことながら驚かされ、確かに赤い夕焼けの向こうの彼岸が此岸に現出したような花だ、と思わされる。

墓地などに多く見られるのは、彼岸花の鱗茎には毒があるので、昔は土葬だった遺体が動物やモグラなどに荒らされないようにと人間が植えたからだと、二十年ほど前に蔵王山麓の町に住んでいたときに、地元の人に教えられたことがある。

彼岸花には、山口百恵の歌にある曼珠沙華という呼び名もある。これは、仏教の伝説上の天の花で、見る者の悪業を払い、天人が雨のように降らす、という意味。野草園名誉園長の管野邦夫氏の著書によれば、彼岸花には全国で八百六十種もの〝里呼び名〟があるという。また、韓国では相思華と言い、これは花が咲くときには葉が出ておらず、葉が出る頃には花が散ってしまうことから、〈葉は花を思い、花は葉を思う〉ということのようで、なかなか趣深い。

連休中に、録画して保存してある里見弴原作の『彼岸花』を再び観てみようか。小津安二郎の監督作品としては初めてカラーで撮られ、小道具として赤いやかんがさりげなく用いられているのが効果的だった記憶がある。

（二〇一五年十月）

36 イチイの朱い実

九月某日

シルバーウィークということで、土曜日から数えると五連休となる。来月に出る『還れぬ家』の文庫本のゲラを直したり、連休明けに控えている〆切の原稿を書いたり、と平日と変わらず仕事をしていたが、連休の三日目となり、秋晴れの好天にも誘われて、日頃の散歩の足を少し延ばしてみる心地となった。

鱗雲を見上げながら大年寺の山を下り、向山から八木山入口を過ぎて鹿落坂を下り、評定河原橋を渡って広瀬川が琵琶の首のように蛇行して袋状の土地をなしている花壇へと向かった。このあたりは、十八歳からの首都圏暮らしを引き揚げて、仙台に戻ってきたばかりの頃に四畳半のアパート暮らしをした土地である。

途中、瑞鳳殿前のるーぷる仙台（観光用循環バス）のバス停にさしかかると、多くの観光客が並んでいる。これも、人気アイドルグループ嵐のコンサートに二十万人以上の動員が見込まれている、という影響だろうか、と眺め遣る。評定河原橋のたもとの、以前はよく通ったラーメン屋が店終いをしていたので、近くの小体な店で柿の葉寿司をもとめ、チョウゲンボウの巣穴がある経ヶ峰の断崖を対岸に見ながら頬張ることにした。広瀬川の川岸は、数日前の大雨で冠水したらしく草木が薙ぎ倒されている。

かつて住んでいた茶色のモルタル壁のアパートは、まだ立ち残っていたが、建て替える計画でもあるのか、住人はすべて立ち退いてしまい空っぽになっていた。

十月某日
九月末に出版した『空にみずうみ』の単行本を担当してくれた中央公論社のYさんが、打ち上げに上司のNさんとともに拙宅を訪れる。おしゃれなYさんは、おもしろいスカートと黒いカーディガン姿。
まず、カヴァで乾杯。今日のメニューは、作中に出てきた味を再現したものが中心。たらきく酢、秋刀魚の刺身、鯛の漬け、それから味付けをしたはらこ飯を土鍋で炊くのは私の担当。米をとぐのは、新聞小説の連載が終わったばかりのときに、大崎市岩出山を旅してもとめた篠竹細工の米とぎざるである。竹の表面には油があるので、水を跳ね返す。その表面を内側にして編むのが特徴で、米をといだときに、そのつるつるの表面が指先に心地よく、水切れがよい。
そのほかに、もってのほかの甘酢和え、芋煮など。その合間に、この日のためにとっておいた、連れ合いの工芸家仲間で、私の仕事机を作ってもらった米沢の木工家のNさんから届いた松茸を、卓上コンロに網を載せ、ホイルに包んで酒蒸し焼きにする。いい香りがただよってきて、一同の顔がほころぶ。それから、陶板で牛タンも焼く。客人二人とも酒が強く、料理に合わせて酒はちゃんぽん。閖上の地酒、今年から販売をはじめたという頂き物の秋保ワインも開ける。

十月某日
夜明け前に起きて、昨日から取りかかっていた河北新報の連載エッセイ「月を見あげて」を執筆する。今回は畳上げをして紙魚を見かけた話。

十一時前に無事書き終えてメールで送稿し、野草園バスターミナルへと向かう。今日は、白石和紙の工房を構えてきた遠藤まし子さんのところを数人で訪れることになり、Gさんが車で迎えに来てくれる。初対面のGさんは、刀剣愛好家で、定年後はボランティアで、東北大で古文書の調査に携わっているという。道中、それらの話を興味深く伺う。

遠藤まし子さんは九十二歳になるというが、話しぶりはことのほかしっかりとしておられる。残念ながら、この三月で工房は終了したが、「紙を漉くのに、どれほどの人手と手間がかかるか。冬の農閑期、百姓の副業だからこそ成り立ってきた。みんな年を取り、周りは宅地化が進み、音や煙が出て迷惑を掛ける。ここでは続けられなくなったからやめることにした」と毅然とした口調で話す。

白石和紙は、米戦艦ミズーリ号で署名された日本の降伏文書に使われ、また奈良・東大寺の伝統行事「お水取り」で修行僧がまとう紙衣の材料としても、使われ続けてきた。震災の前日、連れ合いは英国の工芸家を案内して、この工房を訪れたのだった。

十月某日

昼すぎ、歩いて向山保育園へ行き、宮城県会議員選挙の投票をする。その後、愛宕大橋から土樋、米ヶ袋を通って、一番町へと足を延ばす。

雨がぱらついてきたので、カフェでひと休み。コーヒーを淹れる器材も選べるということで、家でも使っているケメックスで淹れてもらおうと思ったが、おにいさんがほかのドリップと間違えたので、もう一度、ケメックスで淹れてもらう。飲み比べると、味わいが変わり、別のコーヒーを飲んでいるようでびっくり。

中学からの友人のEが出品しているグループ展が晩翠画廊で開かれているので、国分町を歩いて向かっていると、ビルの前の植え込みにイチイがあり、朱い実をたくさんつけている。オンコとも呼ばれ、住む機会があったノルウェーでもよく見かけたので親しみがある。北方ゲルマンの冬の神であるウルは、スキーに乗って狩りに巧みで、そのスキー板や弓はイチイの木から作られる。懐かしい思いとなり、一センチほどのポチッとした朱い果肉を食べてみると、甘い。ただし、中の丸い種の部分は毒があるので、食べてはいけない。小鳥もちゃんと種は食べずに出しているそう。

夜のニュースで、昨夜は東京都心で、今日は近畿地方でも木枯らし1号が吹いた、と言っていた。

十一月某日

陽射しが出て暖かな日となる。デパートで開かれている北海道展へ行き、新聞の折り込みチラシで目にした工房「十勝の木のうつわ」の出店を探す。二年ほど前に、連れ合いが池袋のデパートでハンノキのお椀をもとめ、日々コーヒーを飲むのに愛用している。使い込むほどに落ち着いた色合いになり、風合いが増してゆく。そこで、客用にもう一つ揃えようと思った。

店番のおにいさんと、しばし樹木談義となる。アオダモの木は白く、硬い。ハンノキ（榛の木）は赤味があり、木偏に奏でるというような字を書くので、楽器に使われる。イチイのうつわもあったので、実に毒があるという話になる。工房の庭にもあり、やはり赤い果肉のところだけ食べるとのこと。

ほかにも、キハダ、サワグルミ、桜……などがあり、どの木にしようか少し迷った末、思い出のあるハルニレのお椀に決める。オスロに住んでいた頃、窓の外に一本のハルニレの大木が見え、夏の終わりに住みはじめた早々は濃い葉を茂らせていたのが、秋に黄葉して落ち、冬は裸木となって雪が樹形をかたどり、春の訪れとともに若葉がいっさんに萌え出し、やがて再び緑の葉を茂らせる——そんな木の姿を飽きもせずに毎日のように眺めたものだった。

おにいさんは、イチイの箸置きをおまけにくれた。うれしい。

（二〇一五年十二月）

37

日本最長のバスの旅

十一月某日

東京駅に隣接した高層ホテルの三十三階の客室で目覚める。カーテンを閉めずに寝に就いたので、西向きの窓に十六夜の丸い月が残っているのが見える。自宅にいるときには、西の空は建物の陰に隠れているので、朝方まで残った満月は目にすることができない。私にとって、ふだん家では見ない月の姿に接するのも、旅情を感じさせてくれることの一つである。

昨夕は、大佛《おさらぎ》次郎賞の選考会だった。優れた散文に与えられる賞なので、候補作は文学書に限らず、自然科学書、社会科学書、歴史書など多岐にわたり、いつもながら大いに勉強になる。熱く議論を交わした結果、今年は詩人の金時鐘氏の回想記『朝鮮と日本に生きる　済州島から猪飼野へ』（岩波新書）が受賞作と決まった。

軽い体裁の新書でありながら、己を低くした平明で篤実な語りによるその内容は、実に持ち重りのするもので、私も強く推した作品なのでよかった。韓国と日本の関係を考える上において、また世界の矛盾が露わとなっている現在にこそ読まれるべき本だと思う。ぜひ一読をお勧めしたい。

朝食後、急いでチェックアウトし東京駅へと急ぐ。このあと、昼過ぎから、仙台文学館で行われる「仙台／本の記憶、本屋さんの思い出」と題したトークで、本誌編集長と「荒蝦夷」の土方正志氏との鼎談がある。新幹線の車中で、何を話そうか考える。

十二月某日

明後日から連れ合いの個展が銀座であるので、その飾り付けに使う備品を買いに、国道286号線沿いにあるホームセンターへ行く。

野草園前を午後四時二十八分に出る長町営業所行きのバスが、東北工大のキャンパス内を通るときに、草の斜面ぎわに作られた囲いに二頭のヤギの姿が見えないかと目を遣るのがすっかり習慣となった。どこかで草を食べているのか、それとも小屋の中に入っているのか、オスの白ヤギの〝もち太郎〟も、メスの黒ヤギの〝あん子〟の姿も見えず残念。

砂押町で降り、国道286号を渡って、店へ。輪っかを作って、ウールのスカーフを掛けるビニールチューブなどを買ってから、今日は夜なべ仕事になるので外食で済ますことにして、隣のうどん屋に入る。いつも通りに、長崎ちゃんぽんうどんを注文。白湯スープで作られたこのうどんが、ときどき食べたくなる。

十二月某日

無事、連れ合いの個展が終了し、ほぼ十日ぶりに帰宅する。

午後三時過ぎに仙台駅に着くと、何だかいつもと感じが違っている。そうだ、留守中に地下鉄東西線が開通したのだった、と気付く。そのニュースは東京でも報じられていた。駅地下で、夕飯に手巻き寿司などを買ってタクシーで帰宅する。運転手さんとの話も自ずと地下鉄開通のことになる。柵が多く雑然としていた駅前が、ずいぶんとすっきりしていた。
しばらく外食が続き野菜が足りなかったので、連れ合いはほうれん草のおひたしと大根の味噌汁も作る。

十二月某日
朝起きると、雪がちらついている。光は差しており、風花が舞っているのだった。
夕刻から、舟丁の居酒屋で、八軒中時代の友人たち四人で忘年会。小生のほかは、高校の英語教師、予備校教師、画家といった面々である。思えば、文学に目を開かされたのも、クラシック音楽の聴き方を教わったのも彼らにだった。こちらは、映画をいくらか紹介したぐらいか。一人が、母親を亡くしたばかりだ、と打ち明け、親を介護したり、看取る年頃になった、と皆で同感しあう。
バスケットをしていた中学校の部活帰りには、かつて河原町にあった「えぞ菊」というラーメン屋へ立ち寄ったものだった。そこの野菜のたっぷり入った醤油ラーメンが、個人的には私のしょうゆラーメンベストワンである。

一月某日
今年の正月は暖かい。このところ、年をまたいでの仕事が続き、年末の掃除をあまり手伝えなかったが、昨年末はひさしぶりに窓拭きを受け持った。透明さが増したガラスからあたたかな光が射す中、炬燵に入り、蜜柑を食べながら、ゆっくりと一枚一枚年賀状を読む。

函館に住む、連れ合いの母方の伯父から、連名の宛名で賀状が届いていた。一昨年の六月に、小樽で開かれた伊藤整文学賞の贈呈式に出席した帰途、函館に寄り、小生は初めて伯父さんと会い、昭和二十九年の洞爺丸事故当時の話を伺った。

達筆で、最近は衛星放送の映画をよく観ている、という文面に、連れ合いとともに函館を旅したときのことを懐かしむ。そうだ、毎年お歳暮に、義母から送ってもらっている函館の鮭のいずしを冷蔵庫から出してこよう。

一月某日

目下私は、旅の空である。この時季の恒例となった木山捷平短編小説賞の選考会の帰途に、今年は日本一長いバス路線だという奈良県の大和八木から和歌山県新宮までのバスの旅をしてみることにした。

ここまでは暖冬だったが、折からの寒波到来とあって、早朝に発った岡山県の笠岡も小雪が舞っていた。名古屋や大阪も雪が降り、近鉄のダイヤが乱れており、一日に三便しかないバス時刻に間に合うかどうか心配だったが、幸い十一時四十五分大和八木発のバスに間に合った。旅行者らしい同行者は十五名ほど。

路線バスなので、生活の足にしている人もときおり乗ってくる。一時間ほど走って、五條市から隣になった老婦人は、腕を骨折してしまい、十津川村から片道三時間以上かけて五條市の病院に通っているという。旅先では、ほんとうに様々な生活があることを実感させられる。峠は吹雪いていたが、何とか徐行運転で越えることができ、始発から四時間半ほどかかって辿り着いた、日本で一番面積の広い村である十津川村に宿を取る。

一月某日

天嶮《てんけん》の地という表現がぴったりくる十津川村では、明治二十二年八月の大水害の跡を見て回る。このとき、水没、流出、倒壊した人家は数知れず、死者は百六十八人、罹災者は二千六百人にのぼった。合議の末、罹災者は同じ年の十月から十一月にかけて三度に分けて、北海道へと移り現在の新十津川町を作ったのである。二〇一一年の台風被害の復旧工事がそこかしこで行われており、片側通行ではなく時間制限のある通行なので、宿から出してもらった車が、工事のために三十分以上も足止めを食う。「短気な人はこの地には住めませんなあ」と宿の人が笑う。ここにも様々な生活がある。ちなみに、最後の日録の部分は、この待ち時間中に執筆した。

これから、終点の新宮まで、あと二時間余りのバスの旅が続く。

（二〇一六年二月）

38

光禅寺通の柏の木

一月某日

評論家で小説家でもある黒川創さんが、奥さんで編集者の瀧口夕美さん、娘さんのたみちゃん（二歳）、妹さんの画家の北沢街子さんと、その旦那さんで地球物理学者の片桐秀一郎さんとともに来訪する。さながら黒川組といった面々。

二年前の六月に小樽で授賞式があった最後の伊藤整文学賞を、私は『渡良瀬』で小説部門、黒川氏は『国境　完全版』で評論部門の受賞者となった縁で、付き合いが生まれた。北沢街子さんは現在仙台に住んでおり、二月にご主人の勤務先が変わり、福岡県に引っ越してしまうので、その前に一度妹が住む街を訪れたい、ということだったらしい。

鱈きく酢を出して、たみちゃんはちょっと無理かな、と思っていると、「わたし、これ食べたい」と何度も言ってお母さんにねだった。あらかじめ好みを聞いたときに、何でもよく食べる子なんです、と黒川さんが言っていたとおりだ。

ほかには、平目の漬け、〆鯖の刺身、生鱈子の煮付け、牛タン、牡蠣と芹の味噌鍋、丸鶏のスープ稲庭うどん入り、いちご、チーズ、枝つき干しぶどう、赤カブ、無花果の甘露煮……。酒を酌みながら、奥さんの手編みのセーターを着た黒川さんが、イカを焼いていたという的屋時代の話などをしてくれた。

二月某日

立春を過ぎて、陽射しにも春の訪れを感じられるようになった休日の午後、ヴェネツィアの大学で日本語と日本文化を学び、昨年から一年間、奨学金を得て東北大に留学しているというバルバラ・パッセロッティさんの訪問を受ける。私は、前日は「三田文学新人賞」の選考会があって東京泊まりで、間に合うようにと一時間ほど前に帰宅した。

バルバラさんは、褐色の長い髪の背の高いすらっとした女性で、ときどきはにかみがちに笑う。「イタリア人はうるさいです」と言うが、本人は日本人のように物静かで、言葉に詰まると、ときどき宙を見遣って、自分の知っている日本語を探しながら、ゆっくりとしっかり話そうとする。

彼女が卒論で小生の作品を取り上げようと思ったきっかけは、東日本大震災の直後にニューヨークタイムズから依頼されて執筆したエッセイを読んだことと、講談社から英語版も同時に出版された震災アンソロジー『それでも三月は、また』に収録された短篇「日和山」を読んだことだったという。

特に、「In Japan, No Time Yet for Grief（日本ではいまはまだ悲しむときではない）」と題されてニューヨークタイムズに発表したエッセイは、震災後、停電から復旧したばかりで、被害の全貌も、原発の事故の詳細もわからないさなかに、嘆き、悲しみ、怒りといった強い感情が湧き起こるには、まだ想像を絶する出来事の渦中にいて感情が真空となっている中で書いたものだったので、苦労して書いた甲斐があった、と改めて感じた。

最終のバスで帰るのを野草園前の停留所まで送っていくと、「パッセロッティという名前は、イタリア語で雀という意味です」と少し恥じらいながら教えてくれた。

二月某日

この数日、「群像」で新しくはじめる連載小説と苦闘している。『山海記』と題して、山海の水辺の記憶を辿る旅に出た男が、意識の流れで過去に水害に遭った土地を描き出す、という構想は固まったものの、書き出しがなかなか決まらない。

長篇の始めはだいたいこうで、とうとうはじまったという感じ。川端康成も、絶体絶命の境地で小説の筆を起こす、と書いていたことが思い出される。血中酸素が低いせいか頭が回らず、両腕が上がらなくなり五十肩再び。ともかく、いつものように書き出しをいくつか原稿用紙に手書きで書いてみることにする。そのうちにしっくりと来るのを待つしかない。

疲労困憊の態で、いつもよりも遅く自宅へと戻り、夕食を摂っていると、新潮社の編集者から電話があり、先輩作家の津島佑子さんの訃報を知らされて呆然とする。つい一週間ほど前のやまなし文学賞の選考会で、津島さんは欠席だったが、書面で候補作についての回答を寄せられており、快癒を疑っていなかったのだが……。

二月某日

「群像」の連載小説の第一回が昨日どうにか書き上がったので、ひさしぶりに気分転換に映画を観ることにする。仙台フォーラムで、モーガン・フリーマンとダイアン・キートンが夫婦役で初共演している『ニューヨーク眺めのいい部屋売ります』。

観終わって、期待にたがわずなかなか味わいのある映画だった。モーガン・フリーマン演じるアレックスが、現在の部屋を売却して新しく住もうとする部屋を見に行ったときに、「いい眺めは若者に譲る、自分は今まで十分に堪能したから」という台詞がことのほか印象的だった。

ロビーに、小池真理子さん原作の『無伴奏』の映画ポスターが貼られてあるのに目が留まった。映画の舞台となる仙台にあった名曲喫茶の「無伴奏」には、高校時代に映画館とともによく足を運んだものだった。雑居ビルの地下へ降りていった所にある、煙草の煙が立ちこめる隠れ家のような店内で、バロック音楽を聴きながら、本を読み、ときには後に『ア・ルース・ボーイ』につながった小説の習作をノートに記した。

覚えたてのバッハの曲をリクエストすることもあり、そんなときには、大学生たちに倣って、作曲者名と曲名の後に、ＢＷＶ番号（バッハ作品番号）を黒板に記した。後年になって小池さんの『無伴奏』を読んだときには、そんな背伸びをしたがっていた若い頃のことが、少々の気恥ずかしさとともに蘇ったものだった。

三月某日

花粉症持ちにはつらい季節となったが、春の陽光に誘われる思いもある。春の彼岸の入りとなった今日は、十七度まで気温が上がった。そんななか、錦町から上杉への光禅寺通をひさしぶりに歩いた。昔は侍屋敷丁で、北二番丁東北角に青葉山から移された延命地蔵尊堂があり、別当光禅寺が町名の起源といわれる。

道すがら、茶色の枯葉が落ちずに、枝にたくさんとどまっている樹木を見かける。柏の葉のようにも思えるが、そうでないようにも見える。傍らには、〈蘇生白虎隊士　飯沼貞吉終焉之地〉という石碑があった。一八六八年の戊辰の役に出陣し、会津飯盛山にて自刃したなかで、唯一蘇生した者が改名して仙台に住んでいる、という話はずっと以前に聞いたことがあったが、それがここだったのか、と感慨を覚えた。

家に帰ってから調べてみると、樹木はやはり柏で、貞吉から改名した貞雄が、札幌から持ってきたものだという。そして、柏の葉が柏餅に使われるのは、秋に枯れた葉が春に新芽が出るまでは落葉しないことから「代が途切れない」縁起物とされているからだとも知った。

（二〇一六年四月）

39 熊本激震

三月某日

東京では二日前に桜の開花宣言が出たが、自宅の庭の枝垂れ桜は蕾が固く、崖の向こうの眼下に見える染井吉野の大木も開花までは数日かかりそうだ。

朝夕の風もまだ冷たいなか、わざわざ庭に出て月を待った。今日は月の暦では二月十五日。花と月を愛した歌人西行には、有名な歌〈願はくは花の下にて春死なんそのきさらぎの望月の頃〉があり、私はひそかにこの日の月を西行の月、と思っている。

約二百三十首に及ぶ桜の歌を詠んだといわれる西行だが、元来は北面の武士であった身から出家をして僧侶となり（原因にはさまざまな説がある）、平安時代末期から鎌倉時代初期にかけてのその生涯は、貴族社会の没落と武士階級の興隆を象徴とする過渡期の動乱の世を生きた波乱に満ちたものだった。

〈彼の悩みは専門歌道の上にあったのではない。陰謀、戦乱、火災、飢饉、悪疫、地震、洪水、の間にいかに処すべきかを想った正直な一人の人間の荒々しい悩みであった〉と小林秀雄が「西行」で書いていた一文が、ほんとうに私の心に沁みるようになったのは、震災以降であり、西行が花月を詠んだ歌にも陰影が濃くなった。〈いつかわれこの夜の空を隔たらんあはれあはれと月を思ひて〉

四月某日

曇りで少し薄ら寒いが、仙台で染井吉野の開花宣言が出た。平年より十日早く、仙台管区気象台が観測を始めた一九五三（昭和二十八）年以来、二〇〇二年に次いで二番目に早い開花だという。今年は雪が少ない冬で、三月が暖かかったせいだろうか。

眼下に見える染井吉野も花を付けはじめて、ガビチョウが盛んに梢で啼き募っているが、庭の枝垂れ桜や近所の山桜はようやく蕾がふくらんできたところ。

四月某日

〆切明けの休日とあって、遅く起き出してのんびりと過ごす。

昨夜は、ＤＶＤを借りたインド映画『マイネーム・イズ・ハーン』を観た。『めぐり逢わせのお弁当』を観たのがきっかけだったか、カレーの香辛料のように、愛と涙、笑い、サスペンス、バイオレンスといった色々な要素が放り込まれ、歌と踊りが随所に織り込まれたインド映画をこのところ息抜きによく観ている。

二時間以上あったが、アスペルガー症候群を患うインド人でイスラム教徒の主人公ハーンが、さまざまな差別や偏見、対立を受け、大統領に「私の名前はハーン。テロリストじゃない」と言うために、９・11後のアメリカ大陸を横断する姿を追う姿に引き込まれた。インド映画にしてはシリアスなものだったが、そこもよかった。ハーンを演じるシャー・ルク・カーンが良く、調べてみると、インドで圧倒的な人気を誇るスターで、私生活でも妻はヒンドゥー教徒で自身はイスラム教徒であり、結婚後も互いの宗教を尊重し合っているという。他に、彼が主演している映画も探して観てみよう。

午後は、昔取った杵柄で、寝室の照明を北欧雑貨店でもとめたものに新しく替え、古いほうを仕事場の老朽化した昭明と交換する簡単な電気工事を行う。夕めしは、旬のしらすと桜えびの丼と、いわしのつみれ汁。花見の時季から、晩酌は冷やである。

四月某日
昨日から上京している。今日は夕刻から用があるので、その前にと、王子の飛鳥山公園へ足を運んだ。

東北新幹線が上野に近付くと、車中から小高い飛鳥山を昇るカタツムリのような外観をした可愛いモノレールを目にすることがあり、一度乗ってみたいと子供のように思っていた。三十年ほど前に大塚に住んでいたときに、花見に訪れたことはあったが、モノレールはなかった。

京浜東北線の王子駅で降りるとすぐ、モノレール（愛称は「あすかパークレール」）の改札があり、料金を払おうとすると、無料だという。車両のほうの愛称は「アスカルゴ」ということで、納得。高低差約十八メートル、レール延長四十八メートルの行程をまさにカタツムリの如くゆっくりと進むが、それでもわずか二分で着いてしまう。

落語の「長屋の花見」や「花見の仇討ち」の舞台でもある飛鳥山は、八代将軍徳川吉宗の享保の改革のひとつとして、江戸っ子たちの行楽の地とするために桜を植えたのが始まりで、古くから江戸の桜の名所として庶民に親しまれてきた。陽射しはあたたかで、八重咲きの名残の桜をめでることができた。

その後、都電と地下鉄を乗り継いで表参道のギャラリーへ行き、新聞連載小説の『空にみずうみ』の挿絵でお世話になったイラストレーターの樋口たつのさんの個展を観る。
約一年間にわたって掲載された挿絵原画全二七〇点と新作が展示されていて、さすがに見応えがあり、新聞では見分けられないタッチの具合なども見られて味わいがあった。ラフな赤い半袖姿の樋口さんに、一点プレゼントします、と言われて、二回目に掲載された水滴の絵を選んだ。青色、水色、緑色の微妙な色合いに、小説のトーンも後押しされたような思いがしたものだった。

四月某日
NHKの夜九時台のニュースを視ていると、突然の警告音とともに〝緊急地震速報〟が大きく表示された。揺れを感じないままでいると、まもなく、熊本で震度七を観測した、と女性キャスターが報じて驚きが走った。
今でも身体に残っている五年前の揺れが蘇るのを覚えながら、テレビの画面を注視する。熊本には、阿蘇でパン作りの作業所を運営し、小説を書いている知人もいるので安否が気にかかる。さらに、二年前の秋に、熊本市の水道をまかなっている地下水のことを調べに阿蘇山を回ったこともあり、大噴火などの被害につながらないことを祈るばかりである。

四月某日
何と、翌日の夜半に、また震度七の地震が熊本で起きた。三日経って、ようやく電気が復旧したという熊本の知人とメールで連絡がつき、無事を確認できて安堵する。〈さすがに疲れ寝入っているところにドカンと最初（前震）より大きな二回目（本震）がきて、対処が難しかったです。階段は滑り落ちる（跳ねて飛んだ感じ）わ、打撲や擦傷はするわで、這う這うの体で何とか家屋から脱出しました〉と文面にあり、〈本当にどこで何があっても不思議でない状況と思います〉と付記されてあるのに深く同感する。

五月某日

大型連休も終わり、近所の山を散歩していると、朴の花が咲いているのを見かけた。竹の子、鮭の切り身、椎茸、紅ショウガなどをのせた寿司飯を朴の葉で包む朴葉寿司の季節を心待ちにしてきた。朴の葉は殺菌作用があり、この時季のものは香りが良い。この原稿を書き終えたら、朴の葉を五、六枚ほどだけいただいてこよう。

（二〇一六年六月）

40 蕎麦好き嫌い

五月某日

連れ合いともども朝七時三十七分のバスで仙台駅まで行き、八時十五分のJR仙山線で陸前落合へと向かう。薄曇りで晴れ間も出ているが、予報では降水確率四〇%とのことで傘を持参した。今日明日と行われる平形の森アート散歩に参加する連れ合いの手伝いである。昨日の午後も搬入に訪れた。陸前落合の駅から歩いて大沢橋を渡ったところで右手に折れ、崖下に川を見下ろす山道を葛岡方面に数分行くと平形に出る。山と川に挟まれたこの地は、江戸初期からの歴史を持ち、ほぼ自給自足の循環する暮らしがあるというが、なるほどよい所だ。

会場に着くと、入り口に、東京在住の彫刻家でワイヤーワークで知られる神林學さんの作品が出来上がっていた。大きな藁人形（？）とも見えるそれは、平形の森にある素材で作ったのだそう。その右手には、美術家の青木一則さんの流木や紙などで作られた等身大の馬や、段ボール彫刻家の本濃研太さんの狸や鳥などのオブジェが並び、野外展示ならではの雰囲気を醸し出している。

おいしそうな蕗が出ている檜葉の林が連れ合いの展示スペース。ミシン刺繍で作った蜘蛛の巣や鳥の巣、シルクオーガンジーの布の中に糸を丸めてフェルト化した小石を入れたマフラーなどを展示していく。

途中、やはり雨に降られて、展示を引き揚げたり、雨が上がったので再開したり、と野外展示ながらの苦労もあったが、お客さんの入りは思ったよりも多く、なかなかの盛況だった。午後六時からバーベキューの懇親会となり、髭面同士の親しみから神林さんと歓談しつつワインのグラスを重ねる。

帰り道では狸を見かけた。

五月某日

暑い中を上京して、東京駅近くの会館で開かれた津島佑子さんのお別れ会に出席する。往きの新幹線では、〆切が迫っている「群像」の連載小説『山海記』をひたすら書き進める。

会場には、多くの作家仲間や編集者らが詰め掛け、別れを惜しんだ。作家の黒井千次氏が「スケールの大きい作家だった」と挨拶し、批評家の柄谷行人氏が「ノーベル賞にふさわしい作家だった」と偲んだ。フランスのノーベル賞作家のル・クレジオ氏から「まるで妹を1人失ったよう」、中国のノーベル賞作家莫言から「彼女は多くの中国作家の朋友であった。亡くなられたことが本当に悲しく、苦しい」など、海外からもメッセージが寄せられた。

津島さんとは、一昨年まで年に二度、野間文芸賞とやまなし文学賞の選考会で熱く文学について語り合う機会があった。そこで津島さんは、いつも候補作は二度読むとおっしゃっていた。その丁寧な読みに促されて、こちらも評価を変えるということもあり、もちろん、最後まで対立することもあったが、そんなときでも選考後にはフェアな思いが残ったものだった。

東京は夜になっても暑かったが、仙台も最高気温が三十一度になったことを後で知った。

六月某日

一週間ほど大阪、奈良へ旅をして帰ると、東北はまだ涼しいことを実感する。庭の山椒の木に、青虫君がいるのを発見。まだ一・五センチほどで黒に白い斑がある。山椒の葉は食べられてもまたすぐに若芽が出てくるので、青虫には食べ放題にさせている。そのせいか、夏には揚羽蝶がよくやって来る。そのたびに、何とはなしに七年前に亡くなった父がやってきたような思いとなる。

午《ひる》まえのバスで街へ出て、仙台駅近くの眼科へ行く。旅の途中から上の目蓋が腫れ上がってしまった。私はひどいドライアイで、ふつうの人が十だとすると涙の成分が一しかないので、定期的に通院して点眼するようにと言われていたが、暖かくなったのでサボっていた。案の定、ちゃんとかかっていればこうはならない、と先生に怒られる。マイボーム腺という目に油を分泌する所が詰まってしまい、分泌物が溜まってしこりとなった霰粒腫とのことで、点眼薬を三種処方される。

六月某日

午後四時十分のバスで、仙台の文学仲間である宇津志勇三さんの通夜へとおもむく。この五月に、知人たちが協力しあって小説集『水の音』の上梓に漕ぎ着けたばかりで、それに元気を得て生き延びてほしい、と願っていただけに残念である。

その本に、私は次のような序文を寄せた。

〈宇津志勇三氏の「今、故郷は」（本書では「蹲る家」と改題）を初めて読んだとき、東日本大震災以降伝わりにくかった、庶民の生活感情に深く根ざした言葉に接した感触があった。

仙台市に住む主人公は、津波と原発事故に被災した南相馬市に実家があり、埼玉から来た兄と故郷を訪れて両親の墓参りをし、墓を移す相談を受ける。一人で住んでいた妹は横浜に避難し、「実家は藪の中に蹲っていた」。放射線量が高い実家の隣に住み続けている従弟の「最近は先のことを考えないようにしている。考えると、頭がおかしくなるからね」という言葉、帰宅した兄から届いた手紙の「墓参りをする生者のことばかり考えていたが、死者の都合も考えるべきだ、と思うようになった」という言葉は、私の心に強く刻みつけられた。〈後略〉

通夜振る舞いで、『水の音』の発行元である「本の森」の大内悦男さん、装幀を担当してくださった岡田とも子さんと卓を囲み、蕎麦好きで粋だった故人の面影を偲んだ。

七月某日

小雨の土曜日、バスを乗り継いで仙台文学館へ。かれこれ十年続いているゼミナールで、今年はエッセイの実作と鑑賞を行っている。毎回テーマを設けて、それにちなんだ原稿用紙三枚の分量のエッセイを書いてもらい、参加者たちと合評を行う。全五回のうち三回目となる今回のテーマは「食」。

比較的書きやすい題材だったのか、二十四篇も集まり、すべてに短評を加えるようにしているので嬉しい悲鳴をあげる。海外赴任地のブラジルで食べた、土のにおいのような得も言われぬ味のフェイジョアーダの話。家庭菜園で育てた大根を間引きしなかったので、〝ポショット〟した手応えの大根しかならなかった話。県外に出てはじめて宮城の米がうまいことを実感した話……。

そんな中に、蕎麦のうまさがわからない、という感覚を正直に書いたものがあった。戦後の食糧難の頃に、父と祖母が蕎麦打ちしてご馳走だと食べさせられた蕎麦は、ボソボソしており、口の中に異物を挟んだように思われた。おまけに蕎麦つゆはダシが効いておらず塩辛かった。だから、うまい蕎麦の話をされると、蕎麦打ちの光景や口内の違和感を思い出してしまう、というのである。

他にも、結核の手術の痕が背中にあった父は、血を吐いたときの感じを思い出させるといって胡瓜が嫌いだった、という話もあり、好きな「食」の話もいいが、嫌いな「食」の話というものも、人生を感じさせるものだ、と改めて思い知らされた。

受講生たちのエッセイのアンソロジーを編んだら面白いものができそうだ。

（二〇一六年八月）

41 台風上陸

七月某日

仙台はまだ梅雨明けしていないが、猛暑の大阪にいる。鶴橋駅前の居酒屋で、前々から一献をと願っていた詩人の金時鐘《キムシジョン》氏らと昼酒を酌む。

握り寿司に押し寿司、うなぎ、串揚げ、天ぷら、おでんと何でもありの店で、三時を回ったばかりというのに店内は酔客で混んでいる。先月、金さんが馴染みのキムチ工房に頼んで送ってくださった参鶏湯《サムゲタン》がとてもおいしかった、とお礼を述べた後、金時鐘、梁石日《ヤンソギル》両氏から聞いた話がもとになっているといわれている開高健の『日本三文オペラ』が執筆されたあたりの話をじっくりと伺う。

昨夜は、旧知の新聞記者のTさん（東日本大震災直後に、三週間かけて東北の沿岸部を歩いて取材した帰りに拙宅に寄ってくれた）と、やはり鶴橋のコリアンタウンにある韓国料理店で久闊を叙してマッコリで乾杯していた。

Tさんからは、昨年、タイで出家をしたという話を聞かされて驚いた。タイ仏教では、生涯に一度は出家することが望ましいとされ、都合のよいときに三カ月から半年ほど短期出家するのが一般的なのだとか。タイ語が出来るTさんは、十七日間の出家経験をした後、還俗して帰国した。早朝のバンコクで托鉢したときに、地面からは素足ごしに生暖かさが伝わってきて町の生命力を感じるようだったが、小石を踏むと痛いし、ガラスなどを踏んで怪我をすることもあるので、先輩の僧からは「三歩先を見て歩くように」と注意された、という話が印象的だった。

八月某日

広瀬川で行われる恒例の灯籠流しに足を運ぶ。朝から、台風の影響で風雨がときおり強まり、行けるかどうか案じられたが、小降りになったのでバスで行くことにした。愛宕大橋で降り、雨が上がった中を歩いて宮沢橋の河原まで。水色の灯籠を二つもとめ、一つは亡父、もう一つは知人たちの供養にと流す。今年も身近な人が二人亡くなってしまった。一人は中学時代からの親友で、私が文学の道に入ったのは彼の影響が大きかった。その死を知らされた先月末は、ショックによるストレスで大腸の憩室から出血して一週間ほど入院した。

広瀬橋を渡り、長町一丁目から地下鉄で街中へ出て、仙台文学館のエッセイ講座の受講生有志たちとの懇親会に出席する。ずっと禁酒していたので、そろそろと酒を舐める。

八月某日

仙台駅前の貸し会議室でせんだい文学塾の講義を行う。山形在住の文芸評論家の池上冬樹さんが山形で開いている小説講座に初めて招かれたのは二〇〇〇年のことで、途中から仙台でも開かれるようになった本講座は、いわばその兄弟版。だいたい毎年、山形、仙台どちらかの講座に顔を出している。

今回取り上げる作品は、原稿用紙で十枚足らずの掌篇から三十枚の短篇までの小説四篇。そのうち三人は初めて読む作者で、二十代の女性の同性愛的感情、恋人とステーキを料理して食べた夜の幻覚、少年が公園で出会った歌がうまい女の子との淡い交流、などが描かれており、現代の若い世代の感覚に触れる思いがした。男色関係だったともされる弥次さん喜多さんの『東海道中膝栗毛』や、ステーキを食しての性愛を描いた桐野夏生の『アイムソーリー、ママ』などを引き合いに出しつつ講評を加える。

もう一人は、三、四作読んできた作者で、今回もなかなか読ませるが、主人公の離婚話と題名にも取られている高校時代の級友だった寿司屋の話とが割れてしまっている印象がある。これまでも農家、うどん屋といった職種を取り上げてきた素材の面白さがあるので、今回の寿司屋も加えて自営業をテーマにした連作としたら面白いものになるのでは、とアドバイスした。

八月某日

台風が接近しており、朝から強い風が吹く。気象庁が台風の統計を整備した昭和二十六年以降初めてとなる東北地方の太平洋側に上陸する見通し、というテレビの台風情報を聞いて、外出の予定を取り止めて家で待機することにする。

ベランダの鉢植えを家の中へと避難させ、テレビを点けたまま自宅のソファでノートパソコンに向かうが、次第に強まる風雨に気を取られてあまり仕事にならない。広瀬川のほうで警報のサイレンが鳴り出すのを聞いて、広瀬川の水位情報を知らせているサイトを確認すると、「氾濫注意水位」まではまだ余裕がありそうだ。いっぽう、阿武隈川水系のほうも見てみると、ずいぶん水位が上がってきている。

子供の頃、大雨のときに広瀬川の上流部にある大倉ダムで放流が行われるサイレンの音に怯えたものだった。昭和二十五年のヘレン台風くずれ熱帯低気圧によって、私の生家近くの広瀬川の堤防が決壊し、〈死者六名、行方不明四名、家屋流失一三八棟、全壊二七棟、半壊二五棟、床上浸水二三二三棟、床下浸水二八七一棟〉の被害を出した記憶がまだ新しく、子供の耳にも入ることがあったのだろう。

視界がまったく閉ざされている海のほうへと目を注ぎ続けていると、夕刻になって、沿岸部を台風が過ぎていくらしく、南に長い黒雲を引きながらも、みるみるうちにその下に淡い晴れ間が覗きはじめ、震災以後〝空にみずうみ〟と称しては目を吸い寄せられるようになった空のたたずまいとなった。画眉鳥《ガビチョウ》が喧《やかま》しい声を立て、つくつく法師も負けじと鳴き始める。

夜のニュースで、台風が岩手県大船渡市付近に上陸したことを知る。

九月某日

台風一過から三日後の週末、庭の枝垂れ桜の下にたくさんの黒い粒状の糞があるのに連れ合いが気付き、枝を見上げると、アメリカシロヒトリが何匹もいるのを発見。「大変だ！」と知らせに来たので、急いで出てみると、枝先にいる、いる……。

前にも、台風の後に仕事場のほうの桜に大量発生したことがあったので、今度もおそらく台風で運ばれてきたのだろう、と思いながら、アルミの脚立を立てて、さっそく退治をはじめる。まだ孵化したばかりの幼虫が葉に固まって生息しているところを、枝ごと切り取って殺虫剤を散布する。

発見が早かったので、丸坊主になるのは避けられそうだが、念のために、週明けに管理人さんから植木屋さんに連絡してもらうことにしよう。

九月某日

地元紙に六年間連載してきたエッセイ「月を見あげて」が今月で終わるので、その写真撮影も兼ねて、今年は中秋の名月を近所の大年寺山公園で待ち受けることにする。

雲がかかっていて、水平線からの月の出は望めなかったが、待つこと一時間、丸い月が中空の雲の上にぬっと顔を出した。待ち合わせに遅れた友が、よう悪い悪い、と顔を出したといったふうで、ここでも亡友のことが偲ばれた。

（二〇一六年十月）

42
政岡通りのギャラリー

九月某日

雨の一日。大腸の憩室出血が癒えたと思ったら、今度はひさしぶりに群発頭痛の発作が出て、禁酒を強いられている。季節の変わり目に起こることが多く、このところの天候不順に誘発されたのだろうか。

群発頭痛とは、生命に別状はないものの、頭痛の中では最強と言われ、頭の片側の眼の奥を錐でえぐられたり、焼けた火箸を押し当てられたような痛みの発作が、ある一定の期間（多くの場合一〜二ヶ月間）、毎日のように続くのが特徴で、その群発期は、年に一、二回のことも、また数年に一度のこともある。私の場合は、病院から調剤してもらう薬で痛みは鎮まってくれるが、その期間は発作を誘発するので酒が飲めない。

禁酒を強いられ、寝付けないままに芥川龍之介の晩年の作『歯車』のことを思い起こす。〈視野のうちに妙なものを見つけ出した〉〈絶えずまわっている半透明の歯車だった〉〈歯車は次第に数を殖やし、半ば僕の視野を塞いでしまう〉〈暫くの後には消え失せる代りに今度は頭痛を感じはじめる〉と芥川龍之介はその中に記していた。「ぼんやりとした不安」という遺書にあった言葉が芥川を自殺に追い込んだとも言われるが、頭痛発作も、神経を苛んだのかもしれない。ちなみに今回も発作の前には、右眼の視野のうちにチカチカと光って回るドーナッツ状のものが見えはじめ、次第に視野を半ば塞いでしまう、という症状があらわれた。

九月某日

ひさしぶりに秋晴れとなり清々しい一日。連れ合いは、朝から洗濯、掃除に忙しい。私もベランダへの布団干しを手伝う。

午後に、日経新聞の記者とカメラマンがやって来る。「こころの玉手箱」という四回続きで掲載されるエッセイ欄があり、そこにノルウェーにまつわるものに関する文章と、もの撮りの写真を載せることになった。

カメラマンは、ノルウェーとの縁が生まれるきっかけとなった手紙（ノルウェーのテキスタイル作家に作品を観たいという手紙を出したところ、そのご主人から、妻の死を知らせるとともに、妻の仕事について知りたいなら協力する、という文面の返信と、「これはプライベートなものだから」と手紙が開封されずに送り返されてきた）と画集を、青いソファの上で、北極圏の町トロムソのビール工場のビアホールでもらった冒険家ナンセンの筆による絵が描かれたコースターを、用意してきた黒いビロードの布の上で、ノルウェー語教科書と酒のプライスリストを、椅子の上で、蚤の市で手に入れた茶色い鞄と友人からの手編みの靴下を、板張りの床の上で、と背景に変化を付けながら手際良く撮っていく。

ちょうどイチジクを煮たところだったのでお茶請けにと出すと、島根出身だというカメラマンがおばあさんがジャムを作っていたと懐かしがった。

十月某日

群発頭痛がどうにか治まったと思われたので、保養がてら那須塩原にある板室温泉へと足を向ける。台風が来ているのが心配だが、あいにく今日明日しか時間が取れない。

東北新幹線の那須塩原駅から八人ほどの乗り合いタクシーで宿へ向かっている途中から雲行きが怪しくなり、雨が落ちてきた。杉木立や雑木林は鬱蒼としていて暗い。宿に着き、温泉へ入るより先に、雨が本降りとならないうちにと庭を見て回る。この宿は、昨年度の毎日芸術賞を受賞した菅木志雄氏（小説家の富岡多恵子氏のご主人でもある）などの現代アートの展示で知られ、一度訪れてみたかった。楢の倒木から出ている梅の木。丸や四角の大きな切り株。水琴窟の上に下がるガラスのつらら……。部屋にも菅氏の作品が何気なく飾られてあった。

ぬるめの湯に長く浸かり、ローストビーフに添えられたホワイトアスパラなどがおいしい夕飯を食べて寝に就いた頃から、右眼の奥で熾火がちろちろと燻りはじめているような痛みの感覚が起こり、群発頭痛がすっかり治まっていなかったことに気付かされる。急いで発作をやわらげる薬を飲み、これ以上痛みが強くならないことを祈りながら、寝床で脂汗を額に滲ませじっと我慢。

十月某日
ようやく、群発頭痛の発作が完全に治まったようだ。それを知るには、酒を飲んでみて痛みが出ないかどうかを確かめるしかないとは、何とも笑うほかない。
ずっと雨が降っていたが、夕方には晴れ間が出てきた中を、バスで仙台駅へ向かい、駅構内の二階のステンドグラス前で岩波書店の山本賢氏と落ち合う。『渡良瀬』を担当してくれた編集者である。ＪＲで名取駅まで行き、タクシーで山本氏がチェックインするホテルを経由してから、美田園の閖上さいかい市場へと向かう。女性運転手は、津波に被災し、見なし仮設に住んでいるという。

着いた仮設店舗に入っている寿司屋は、震災前に閖上の市場の前に店があったときからの馴染みである。少し遅れて、以前は閖上で小中学生相手の塾を開いており、震災後も仮設住宅で寺子屋を続けている工藤氏も到着。かつては寿司屋の店主と隣同士で、震災当日も家の後片付けをしていた工藤氏に店主が避難するように促して、津波から九死に一生を得た。今日は、工藤氏が震災の体験を苦心して綴った文章が『ひとびとの精神史』シリーズに収録されたのと、『私の「貧乏物語」』というエッセイ集に拙文が掲載されたことの打ち上げである。私が酒が飲めない体調が続いていたので、ずっと待ってもらっていた。

閖上名物の肉厚の赤貝が相変わらず美味で、工藤氏の安否を心配して避難所へ訪ねて行ったことなどが思い出されて感慨無量となる。

十一月某日

さくら野デパートの裏手の政岡通りにあるギャラリーで連れ合いの編みフェルトの個展が開かれる。

いまでも、かつてあった丸光デパート（屋上に遊園地があった）の裏といった方が私にはぴんと来る。通りの名は、仙台藩のお家騒動を題材にした歌舞伎『先代萩』で、我が子を犠牲にして仙台藩に忠義を尽くした乳母「政岡」に由来しているのだろう。高校時代にときどき訪れていたジャズ喫茶が、今は老舗のギャラリーとなっており、時の流れを感じる。この界隈には、書棚の品揃えが魅力的だった「八重洲書房」もあった。

一昨日、昨日と、小生も電気工時代の昔取った杵柄で、脚立に上ってトンカチやドライバーを振るって展示を手伝い、どうにか初日を迎えることができた。仙台での個展は八年ぶりとあって、オープニングパーティはなかなかの盛況。

ギャラリーの店主の森美枝子さんが、「オープニングパーティを開くのは、震災の二日前が初日となったリズさんの個展のとき以来」と話し、そのときのことが蘇る。英国のフェルト作家のリズさん夫婦は私の家に滞在しており、個展は三日目で中止となり、やっとの思いで帰国させることができたのだった。

（二〇一六年十二月）

43

大当たり！

十一月某日

晴れときどき曇り。数日前の新聞で、向山一丁目の山林で山芋掘りの男性が熊に襲われた、という記事が出ていたので、いくぶん用心しながら大年寺山の坂を下る。この秋は、大年寺山にも熊が出没し、熊に注意するようにとの看板が近所にも掲げられていた。

向山の商店で、月に二回配達され、いつも予約している豆腐を受け取る。蔵王山麓の福祉施設で作られている、宮城県産大豆一〇〇％と塩田にがりを使用した昔ながらの豆腐で、大豆本来の味と香りが楽しめるので寒い時季には湯豆腐にするのを楽しみにしている。

店の前に〈重さをあててね〉と札が出て、大きなさつまいもが置かれてあった。戯れに持ってみると、ノートパソコンよりもちょっと重い。二・三キロぐらいか、と見当をつけたが、重さを当てるのは通りがかりの小学生たちの楽しみにまかせることにして、そのまま帰ってきた。それを連れ合いに話すと、あたしスーパーに行ったついでに当ててくる、と入れ替わりにそそくさと出かけた。

一時間ほどして、彼女はさつまいもを手にして戻ってきた。何キロでしょう、とたずねるおかみさんに、二・三八キロと答えると、目を丸くして、惜しいー、だいたい合ってる、ニアピン賞です、と言われたという。大きな秤にのせて量ると、何と二・三キロ！　実は、夫が二・三と言って、あたしは二・四キロと思ったので、二・三八にしたんです、と連れ合いが説明すると、旦那さんねぎらってあげてね、とおかみさんが別のさつまいもを景品にくれた。みんな案外当たらないの、一キロって言ったりするの、とも。
重さの感覚がいくぶんあるのは、昔、電気工の手仕事をしていたからだろうか、それにしても妙なことで面目を施した、と照れ臭く思う。紅葉も夕陽に照り輝いている。

十一月某日
曇って寒い一日。昼過ぎの新幹線で上京し、広尾にあるノルウェー大使館へ。ノルウェーのピアニストであるアンスネスの来日に合わせたティーコンサートに招かれた。あいにく連載小説の〆切が迫っているが、震災の年に、ノルウェーでもテロ事件が起きたこともあって芸術家同士の対談をして以来の再会を果たしたい思いがあり、新幹線の車中やコンビニエンスストアの飲食コーナーなどで細切れに原稿を進める。
コンサートの前に、やや貫禄がついた髭面のアンスネスと再会を喜び合うことができた。コンサートでは、シベリウスの小曲やショパンの英雄ポロネーズなどの演奏に、〆切のことをしばし忘れて聴き入る。狭い会場なので、フォルティッシモの際には思わず椅子からお尻が持ち上がりそうになる。
終了後、午後七時過ぎの新幹線で急いで帰途に就く。

十二月某日
愛宕橋のたもとの鮨屋で、宮城学院大でトークショーを行った村田紗耶香さんと池上冬樹氏、それに仙台出身で「小説すばる」新人賞を受賞した渡辺優さんも交えて早めの忘年会となる。『コンビニ人間』で芥川賞を受賞した村田さんが、かつて小生や池上氏も愛読した宮原昭夫氏の小説講座に通っていたときの話などを聞く。

村田さんが「群像」の新人賞でデビューしたのはもう十三年前のことで、受賞ではなく次点の優秀賞から才能を開花させた珍しい例である。そのことに触れると、のんびりしていて、周りをあまり気にしない性格だからよかったのかもしれない、よい編集者にも恵まれた、とおっとりとした口調でいうのに頷かされる。

最終の新幹線に間に合うようにと店を出ると、雪が舞っていた。

十二月某日

暖かい日差しが出た中、郵便を出しに行くと、角のラーメン店に行列ができている。それを見て、そういえば前に訪れたときに、明日のクリスマスでとうとう店仕舞いとなる、と知らされたことを思い出した。

もともとは拙宅の隣のマンションの一階に茶屋風の店があり、夫婦ともに仕事に追われているときなどに重宝していた。拙著『鉄塔家族』で描いたデジタル放送用の鉄塔工事が行われていた頃には、工事の職人さんたち相手に、そばやうどん、おにぎり、いなり寿司などを売る売店もできた。関西弁で「わいは、けつねもらうわ」などという注文の声が聞かれたものだった。

その後、マンションが高齢者用の住宅となると店も明け渡し、売店のほうを改造して、ラーメン店となった。昔ながらの懐かしいラーメンの味は人気で、野草園帰りの客やタクシーの運転手さんなどもよく利用していた。

ほんとうに長い間ご苦労様でした、と心の中で礼を言って店を通り過ぎる。

十二月某日
朝起きて障子を開けると、せきれいがベランダにいて、側溝の屑をついばんでいる。歩き方が変だな、と思ったら、片足でぴょんぴょん跳んでいる。

朝方は風はなかったが、次第に風が出てきた。今日は年末の大掃除である。リビングのフローリングを乾拭きし、エアコンのネットを外し、ソファもずらす。ついでにソファとテーブルの位置をいろいろ変えてみるが、結局、従来の位置が一番しっくりした。それから、北欧製の白木の椅子に石鹸水をひたした布でソープフィニッシュを、茶色のサイドテーブルにはオイルフィニッシュを施す。

胃腸が弱っているのと風邪の予防のためにお灸をしてから、午後四時頃にタクシーで生家へと赴き、一人暮らしをしている老母のところの正月飾りを行う。集合住宅である自分のところは、玄関に小さな注連飾りをして下駄箱に鏡餅を置くだけだが、生家では家や敷地のほうぼうに輪飾りをして、神棚にも供え物をする。

父が亡くなる数年前から受け持つようになったが、いまでも慣れず、子供の頃のままごとめいた思いが抜けない。そんな思いを見透かしたように、母があれこれと指示をする。

一月某日

風もなくおだやかな元旦となった。愛宕神社の参詣客が撞いているらしい鐘の音がときおり聞こえてくる。

今年は、はじめてお屠蘇で乾杯をしてみることにした。日頃、漢方薬の相談に乗ってもらっている仙台駅前の薬局で年の暮れにもとめておいた屠蘇散の袋を、昨晩から片口に入れた清酒二合にひたしておき、屠蘇器はないので、父から譲り受けた派手目の九谷焼の銚子に屠蘇を移し、年末に仙台での個展の会場でもとめた鳴子の塗り師Oさんの入れ子になった三組の小椀を大ぶりの組盃に見立てて注いだ。

子供の頃なら薬臭いと顔を顰めたかもしれないが、漢方薬を飲み慣れているせいか薬効がありそうな香りと感じられる。屠蘇の意味である、この一年の邪気が払われ、魂が蘇生することを祈った。

（二〇一七年二月）

44

ノルウェーの切手

一月某日

駒込のホテルで目覚め、チェックアウトを済ませた後、荷物を持って日比谷のホテルへとタクシーで移動する。

チェックインして荷物を下ろし、スーツに着替えて、大佛次郎賞の授賞式が行われる宴会場脇の控え室へと向かう。受賞者の浅田次郎夫妻に挨拶をする。浅田氏は紋付き袴、奥様も和服姿である。浅田氏は作家になる前に川崎市の稲田堤にブティックを開いており、同じ時期に私も住んでいたことがある。郵便局通りには実松屋というなかなか品揃えの良い書店があり、客としてご一緒していたかもしれない、と懐かしがった。

受賞作となった短篇集『帰郷』は、六篇それぞれが、復員兵と復員できなかった者たち、親が戦死して残された者たち、といった多様な境涯を、さまざまな切り口で、戦争とそれがもたらす影響を描いていて、〈ゆえなく死んで行った何百万人もの兵隊と自分たちの間には、たしかな血脈があった〉ことをあらためて思い知らさせる佳品だった。

選考委員の挨拶を務めた後、少々風邪気味でもあったので、パーティは早々に引き揚げて部屋に戻る。

一月某日

日比谷のホテルで目覚める。夕刻の新幹線で帰途に就く予定だが、その前に上野のホテルで行われている映画の撮影現場へ、地酒の一升瓶を手土産にぶら下げて足を運ぶ。

拙著『光の闇』に収録されている「二十六夜待ち」という短篇が、越川道夫監督の手で映画化される運びとなった。上野動物園に隣接し、温泉があるこのホテルでは、五年前の暮れに実際に宿泊して短篇の構想を練り、そこから深夜過ぎに動物園の方角に出た二十六夜の月を窓から眺めたものだった。

最近の映画には情報公開日というものがあるそうで、熱演を見学させてもらった俳優名などは、まだ詳しくお知らせできないのが残念だが、完成するGW頃には、試写の感想などを改めて報告したい。

二月某日

雪がちらつく中、東北学院大に赴き、公開連続講座「震災と文学」の一環として「原爆と川端康成」のテーマで講演する。昨年竣工したばかりの真新しいホーイ記念館のホールに、寒空をついて九十名ほどが聴講してくれ、顔馴染みの姿もちらほら見受けられた。

川端が、一九五五（昭和三十）年に発表した『みづうみ』は、元祖ストーカー小説ともいえる気味の悪い内容に、初めて読んだ高校生のときからずっと苦手としてきたが、震災後に読んでその魅力に気付いた。川端は、一九五〇年に日本ペンクラブの会長として広島と長崎を視察し、原爆の被害を目の当たりにして、強い衝撃を受ける。そして、底の抜け落ちてしまったような救いの無い現代を描こうと決意して、身もふたもない物語に、寂寥感とその向こうにある温かみを描いたのが『みづうみ』だったのである。
新しい震災文学が書かれることも大事だが、既にある文学に違った読みをもたらすことも、震災文学といえるのではないか。文学は、読者が加わって新たに作られることもある。

二月某日
いつも古本を引き取ってもらい、本を探すときにも世話になっているブックカフェ「火星の庭」の前野久美子さんから、昨年末にノルウェーの使用済み切手のコレクションをいただいた。色とりどりの十六枚の切手が額装されてあり、茶の間の脇机に立てて飾っていた。
何気なく見ていたある日、きつね、おこじょ、エーデルワイス、ルピナス、魚……といったノルウェーの自然の風物を描いた絵柄の中に、スプレー缶のようなものが描かれているのに気付き、ノルウェーとどういう関わりがあるのだろうか、と首を傾げた。そう思ってよく見てみると、ノルウェー人が発明したチーズスライサーや、シベリア方面のコサックや遊牧民が使用していたものを、ヴァイキングがノルウェーに持ち帰り広まったと聞いたことがある口琴が描かれた切手もあり、さしずめ〝ノルウェー人の発明シリーズ〟の切手なのかもしれない、と想像した。だとすると、スプレー缶は、ノルウェーで開発されたスプレー式のタイヤチェーンかもしれない。よく知られているノルウェー人の発明品には、文房具のゼムクリップがあるが、こちらの絵柄は残念ながら見当たらなかった。
そんな内容のエッセイをある新聞に書いたので、前野さんに掲載紙を送ったところ、「ん!? ゼムクリップ、そういえばあった！ と在庫の切手をごそごそすると出てきました。これです。今度お会いしたときにお渡しします」とメールがあり、確かに赤地に白くゼムクリップが描かれた切手の写真が添付されてあった。

二月某日

朝九時から、仙台文学館の映像資料となるビデオの撮影がある。文学館の赤間亜生さん、構成担当のユーメディアの武田篤彦さん、カメラの大宮司さんが定時に来訪し、自宅で打ち合わせとインタビューを撮影した後、同じ建物にある仕事場で仕事机に就いて執筆している場景などの撮影となる。

次は近所の野草園へ行き、水琴窟の前で撮影しようとすると、まだ開園前なので水琴窟にはビニールの覆いがされてあった。これでは仕方が無いと、違う撮影場所に移動しようとしたところに、近くで作業をしていた女性職員がやってきて、親切にビニールを外してくれた。感謝、深謝である。

昼になったので、野草園内の食堂「どんぐり庵」で昼食を摂る。鴨そばと当方おすすめのカレーうどんとに注文が分かれる。ここの売店に置いてある八木山動物公園のオリジナル商品「ゾウラーメン」が好物で、ときどき買って帰るようにしているが、今日はあいにく品切れで残念。仙台辛みそ味の即席中華麺で、鮮やかな赤色が印象的なパッケージにはゾウのイラストがデザインされ、裏側には、ゾウのキャラクターが仙台弁で「んめぇ 食い方だゾウ！」とラーメンの作り方をマンガで紹介している。

三月某日

三月半ばとなったが、雪の朝となる。それでも、窓越しの光には、寒さの中に春の気配が感じられるようだ。雀が集って、庭で日向ぼっこをしている。

このところ、夕食後には、ＢＳで待望の再放送がされているのを録画しておいた一九七三年のテレビドラマ「それぞれの秋」を視ている。山田太一が脚本を担当しているこのドラマを、中学生だった放映当時には、愉しみに、というわけではなく、自分の境遇と同じ五人家族の平凡なサラリーマン家庭に起こる小さなトラブル、そして小林桂樹演じる大黒柱の父親が脳腫瘍に冒されて異常な行動を取るさまに、毎回目が離せない思いとなったものだった。

今回も同じで、さらに、認知症となった父親のことを描いた『還れぬ家』を書いていた頃のことがあれこれと重ねて思い返されている。

（二〇一七年四月）

45

向山の狸

三月某日

曇り。まだまだ気温が低く、寒い一日。大年寺山の坂を下りたところにある向山の商店に蔵王の豆腐が届く日だが、あいにく急ぎの〆切が終わらず、連れ合いに取りに行ってもらう。

帰って来るやいなや、「狸、いた」と声を発する。豆腐を受け取って、大きな枇杷の木がある家の前に差しかかると、小さい狸がふるえていた。頭には毛があるが、体には毛がなく、少し血が付いていた。通りかかった若者も、びっくりして見遣りながら通り過ぎた。そのうち狸は、ちゃんと横断歩道をよたよた渡り、バス通りの脇の坂道を勝手知った様子で登っていった、という。

朝方、仕事場で仕事をしているときに、特養老人ホームとの境の崖地で、遠目に狸を目にしたことは数回あるが、ここに暮らし始めてから、目近にしたことはまだない。それが、住宅地のバス通りにあらわれたとは。熊は困るが、狸なら、ちょっと見たかったなあ、と残念に思う。

四月某日

晴れ。土の軟らかいところで、小さな雀たちがちゅんちゅんと囀りながら、順番に土浴びをしている。土の穴ぼこに身体をもぐらせて、土をたくさんかぶっては、ぶるぶると身体を震わせて撒き散らすようにする。

庭の椿は二つ目が咲き、もうひとつ蕾がある。椿は十五年ほど前に実生から育てた侘助と黒椿で、ずっと鉢植えにしていたが、三年前に庭土に移植した。

鉢植えのときには、寒い日は部屋の中に入れて甘やかして育てていたせいか、花期が一月から二月にかけてだったが、庭に地植えしてからはひと月ほど遅くなって、木偏に春と書く、春の到来を告げる聖なる木にいっそうふさわしくなった。

ほかには、料理のあしらいに使おうと、近所の林から枝を切ってきて挿し木した山椒の若芽も出てきた。

鉢植えでひと冬越させて、直植えしたばかりのチーゼルは、葉っぱが茶色っぽい紫色になってきて、葉の棘も目立ってきた。チーゼルは、ヨーロッパ原産のマツムシソウ科の二年草で、草丈が一〜二メートルになる。和名はオニナベナで、別名〝羅紗掻き草〟とも呼ばれ、果穂にある小苞片は極めて多数で強靱であり、先端が鉤状に曲がっているので、乾燥させたものは毛織物の羅紗の起毛に用いられる。

十年前にロンドンで見かけて、いつか自分でも育ててみたいと思っていたところ、冬の初めにホームセンターの園芸コーナーに出ていたのでもとめた。花が咲いたら、果穂を乾燥させてみるのが今から楽しみだ。

四月某日
晴れて暖かい。最高気温は二十度になった。土曜日でもあり、仕事を早めにあがって自宅で花見とする。
泉に出かけた連れ合いが、泉中央駅のセルバで、カニちらしとバカ貝のむき身である青柳を買ってきた。東京で暮らしていた頃は、東京湾でとれる青柳が出回ることで、春の到来を感じたものだった。卵焼き、菜の花の芥子あえなども食卓に並び、まだ明るいなか、冷や酒が進む。
庭の枝垂れ桜は五分咲きというところ。自宅のベランダの眼下に見える大きな桜は、見頃は終わってしまったが、残花がまだ楽しめる。

四月某日
風が強い一日。自宅のそばの鉄塔のほうから、一日中ゴーゴーと音がしていた。夕方のローカルニュースでは、最大瞬間風速が三十メートルを超し、宮城野区の交差点では街路樹が倒れて信号機が壊れ、仙山線も運転を見合わせたという。
この風で桜が一気に散ってしまった。集合住宅の外廊下にも、花びらがたくさん落ちていた。東京では、開花してから低温続きで花期が長かったというが、仙台の今年の桜の時期はほんとうに短かった。

四月某日
晴れたが気温は低い。コツコツコツと音がして、合歓の木を叩いているコゲラを発見する。かなり長いあいだ叩いており、後から見てみると、浅くだが凹みができていた。直径一・五センチほど。
晩酌の肴を見つくろおうと、散歩がてら山を下りて向山へ行く。坂道は、白緑色の新緑がきれいだ。朴の芽も出ていて、赤みがある。いつも豆腐を買う商店の前に、さつまいもの重さ云々の貼り紙と、小生が二号前の本誌に書いた「大当たり！」と題した記事がラミネート加工されて貼り出されているのでびっくりする。おかみさんに訊くと、さつまいもの重さを見事に当てた小学生がいたとのこと。

魚屋に皮付きの鰹があったので、今夕の肴はタタキにすることに。ついでに、先日連れ合いがこの辺りで見かけた狸のことを話すと、そう、このあたりにいるんだ、と親仁さんと息子さんが口を揃えて教える。

謎の生物みたいで、と息子さんが言うのに、毛がないからだろう、と頷かされ、餌付けをしている人が近くにいるのかもしれない、と想像した。

五月某日

晴れて、風ときどき強し。ＧＷも最終日となった。今年の連休は、まあまあ天気に恵まれた。昨年に続いて、仙台文学館でエッセイ実作講座を開催することになり、今日がその第一回目。

少し早めに着いて、「カフェ　ひざしの杜」で、大きく切り取られた窓から台原森林公園のまばゆい若葉青葉を眺めながら、開催中の「イラストレーター安西水丸展」に合わせた特別メニューのシーフードカレーを食べる。

カレーフリークとしても知られる安西さんには、『遠き山に日は落ちて』と『草の輝き』の装画を描いていただいた。特に、草木染の修業の道に入る若い女性を主人公にした『草の輝き』は、十二章の題名を「背高泡立草」「臭木」「末摘花」……といった具合に、すべて植物に求めたが、安西さんが表紙の絵として選んだのは、その中でもっとも目立たない「十薬」ことドクダミの花だった。ささっと色鉛筆で描かれたその絵は、飄々として温かみがあり、描いた人の人柄があらわれているようだった。

新聞に連載した『空にみずうみ』の挿画を描いてもらった樋口たつのさんは、安西水丸イラスト塾の受講生だったことがあり、「安西さんには色々と仕事を習いました。本当に、お酒が好きな方でした」とお目にかかったときに語っていた。

エッセイ講座では、まず「今年の春」の課題で書いてもらったが、予想よりも多く三十篇以上が集まり、嬉しい悲鳴となる。桜の花に寄せる悲喜こもごもの思い、春の惜別、小学校に上がった我が子のこと……。

楽しい作あり、おもしろうてやがてかなしの味わいの作あり、人生の深淵、不可解さを思わされる作あり。今年も多彩な作品と出会うのが楽しみだ。

（二〇一七年六月）

46 三島由紀夫と松

五月某日
曇り時々晴れ。午後から陽差しがあって暖かく、羽毛布団を厚めから薄めに変えることにした。

この四月から、朝日新聞の書評委員の仕事を依頼されている。読書は、作家となってからは再読が主で、出来たてほやほやの新刊にこれほど接するのは、狩猟的に濫読していた二十歳前後の頃以来となるだろうか。このところは、前回持ち帰った山中恒氏の『現代子ども文化考』を精読している。

皇国少年たちを描いた『ボクラ少国民』シリーズ、また『転校生』(原作は『おれがあいつであいつがおれで』)など大林宣彦監督により映画化された作品の原作者として知られる著者は、高校生のときに宮沢賢治の『どんぐりと山猫』を読んで感動し、「めちゃくちゃで、できの悪い児童文学の作家になりたい」と思ったという。山中氏は、子どもたちが夏休みの時期に課せられる「課題図書」に対して批判しており、本を読むことは好きだったが、「課題図書」が苦手だった当方としては大いに共感を覚える。

書評を書き終えて、晩酌をしていると、アオバズクの「ホッホホッホ」という啼き声が遠くから聞こえる。今年は例年よりも早く渡ってきて、初音は大型連休中に聞いた。

六月某日

曇り。市民センターで教えている草木染教室から帰ってきた連れ合いが、野草園に隣接しているロータリーの丘の斜面に白いホタルブクロがたくさん咲いているのがバスから見えた、と教える。さっそく、夕刻前の散歩の折に一茎だけ手折ってきて、花瓶に挿す。提燈花、釣鐘草の名もあり、それぞれに見立ててみると、いつも愉しい風情がある。

六月某日

曇りときどき雨。午後から雲間に水色の部分が見え、〝空にみずうみ〟となる。

昨夜は書評委員会があり、テレビの金融解説などで活躍しているエコノミストの加藤出氏に、僕は向山高だったんです、と親しく話しかけられた。

今朝は錦糸町駅前のホテルで目覚める。この場所には、ロッテ直営の結婚式場及びバッティングセンターやボウリング場・ゲームセンター・ビアガーデンなどを併設する複合レジャー施設があったが、老朽化による建て替えで、二〇一〇年より複合商業施設とホテルになった。部屋の窓からは、東京スカイツリーが間近に見える。

菓子メーカーとあって、朝食ブッフェには、コアラのマーチのパンケーキやチョコレートがけのビーフカレーなどがある。ホットチョコレートがうまかった。持ち帰れるお菓子もあるので、子どもたちには人気だろう。

駅前に東京楽天地のある錦糸町をひさしぶりにぶらついてから、昼過ぎの新幹線で帰仙する。北朝鮮ミサイル発射の報に接する。

六月某日

晴れ、一時雨。仙台文学館で「イラストレーター安西水丸展」に関連した講演「植物と作家〜安西水丸さんの絵をはじめとして」を行う。天気もよいので、地下鉄を台原で降りて、台原森林公園を向かうことにする。ウグイスをはじめ、「ツッピー」と啼くヤマガラ、「チヨチヨピー」のセンダイムシクイ、「シシシシシ」と虫のように啼くヤブサメなどの野鳥の声が聞こえる散策路にアカマツ、クロマツを見かけて、松の木を知らなかったといわれる三島由紀夫のエピソードを話すことを思い付く。と、にわかに雲行きが怪しくなり、足を急がせ、どうにか濡れずに到着する。

ドナルド・キーン氏の回想によれば、三島の取材旅行に同行したときに、三島が松の木を指差し、居合わせた植木屋に「あれは何の木か」と尋ねたので、植木屋は「松です」と答えた。しかし、松の木を知らないはずはないだろうと、植木屋は「雌松と呼んでいます」と付け加えた。それに対して、三島が真顔で「雌松ばかりで雄松がないのに、どうして子松ができるの」と聞いたので、植木屋もキーン氏も驚き呆れたというのである。

ちなみに、松は雌雄同種で、雌松は赤松の、雄松は黒松の別称である。三島は松の名を知らなかったわけではないが、都会育ちで目の前の木とその名が合致しなかったのだろう。

無事講演が終わり、控え室で安西氏の夫人で画家の岸田ますみさんと歓談となり、三島の松の話が意外で、興味深かった、と感想を伺う。

七月某日

雨ときどき曇り。ベランダで鉢植えで育てている時計草が咲いた。

去年の秋、連れ合いが教えている草木染教室の生徒さんに、水に挿していたら根が出てきたという状態でいただき、鉢を家の中に置いて冬を越すことに成功した。朝、連れ合いが起きたときに見たら、蕾がぱんぱんにふくれてはいたが、まだ咲いていなかった。油断をしていたら、緑の蕾がぱっくり割れて、もやもやした白い花びらの中に濃い紫（紫草染めのような色）が入った花が咲いていた。開く瞬間を見たかったと連れ合いと残念がる。

名前のとおり、時計に似ている花だが、何時を差すでもなく、失った時間を感じさせる花は、六年前の大震災の翌朝に目覚めたときに、一瞬、居場所の感覚に混迷を覚え、夢であれかし、と願ったことを思い出させる。

そうしているところに、家具屋のOさんが来訪する。夫婦ともに老眼になったせいか、食卓の照明が暗く感じられるようになり、五月の末にOさんの店に相談に行った。そこで勧められたポール・ヘニングセンのペンダントライト（PH5クラシック）がようやく届いた。

さっそく取り付けてもらうと、これまでのものよりも光が広がり、直下もずっと明るくなった。メインシェード下のディスクに青塗装が施されているのが、思いのほかよいアクセントになっている。

二十二年前に、ノルウェーのテキスタイル作家ビヨルグ・アブラハムセンの作品を観るためにノルウェーを訪れたときに、ビヨルグは亡くなっていたが夫のヘルゲ氏に招かれたオスロ市内の自宅で、このライトを目にして、いつか自分たちも、とほのかな願いを抱いたのだった。

明るいライトと時計草の花、二つの新しいものが来た一日だった。

七月某日

晴れ。梅雨明けはまだだというのに、連日暑い日が続いている。今日の仙台は三十二度。四日ほど、大阪で大阪文学学校での特別授業などの所用を済ませて帰ってきた。大阪も暑かったが仙台も暑い。

外でキーキーというけたたましい鳥の啼き声が聞こえている。連れ合いに訊くと、この数日テレビ塔の周りをじゃれ合うようにして啼きながら飛んでいる、という。遠目に見遣ると、トンビではなく、ハヤブサか小型のハヤブサのチョウゲンボウかもしれない。カラスやウグイス、ガビチョウも負けじと啼いて、賑やかな夏である。

（二〇一七年八月）

47　修理の夏

七月某日
晴れときどき曇り。土曜日なので仕事は半ドンにして、午後三時四十分のバスで街へと出かけ、立町の注文靴屋へと足を運ぶ。
十年以上気に入って履いてきたスニーカーが、爪先とかかとに穴があいて雨が染み込むようになり、ソールも磨り減ってしまった。さすがに買い替え時かと思うが、前に連れ合いが、デザインが古くなったロングブーツを雨の日に履くショートブーツにカットしてもらった靴屋さんに相談してみることにした。すると、靴職人の女性は、穴のあいている所には革を当て、ソールは全て張り替えることで、修理可能とのこと。
御代は多少かかるが、一も二もなくお願いすることにした。三十四度となる猛暑日だったが、店内にはクーラーがなく、靴作りや革工芸のものらしい道具、オーダー品の靴などが所狭しと並んでいるのに目を惹かれた。

七月某日
小雨が降る中、書評委員会の前日から上京する。午後七時からＩＭＡＧＩＣＡ東京映像センターで、小生の短篇「二十六夜待ち」を原作とした同名の映画の初号試写が行われる。
東京は猛暑。五反田駅から目黒川沿いの道を歩きながら、この試写室に足を向けるのは、滞在中だったノルウェーから一時帰国して、松竹で制作された『ア・ルース・ボーイ』の試写を観たとき以来だから、およそ二十年ぶりとなることに気付いた。

映画は、事情があって福島県いわき市に住む叔母の工務店に身を寄せる由実が、記憶喪失になっていつも何かに怯え、孤独を抱えている居酒屋の主人・杉谷の店で働くことになり、やがて心と身体を添い合わせる、というストーリー。言ってみれば、二人の心が互いに修理されていく過程が描かれているといえるだろうか。わずか三十枚ほどの短篇のほかに、『空にみずうみ』の細部もうまく使われて、二時間の映画となっていることに感心させられる。

小説では、震災を直接描くことはしなかったが、自分にとってぎりぎりのところで成立させた震災後文学であるという思いがあり、映画でも越川道夫監督がその意を酌んでくれてありがたかった。エロスの表現に挑戦した作に、ダブル主演の井浦新、黒川芽衣が長回しによる濃厚なラブシーンの熱演で応えてくれたのが嬉しい。

試写後、越川監督、黒川芽衣さん、『誰も知らない』の撮影で知られる山崎裕カメラマンたちと五反田駅前の居酒屋で打ち上げとなる。映画『二十六夜待ち』は、十二月二十三日から東京・テアトル新宿ほか全国で順次公開されるとのこと。

八月某日
曇りのち晴れ。ようやく東北でも梅雨明けが発表されたが、気温はあまり上がらず二十六度。昨年より四日遅く、梅雨明けが八月にずれ込んだのは四年ぶりだという。
一昨日から、自宅に職人さんたちが入っている。グリルが壊れてしまったのを機に、台所のリフォームを兼ねて、震災で罅割《ひび》れを生じた壁や床の改装を行うことにした。

今日は設備屋さんが来て、台所を解体した後の補修とガスや給排水の配管、電気配線などを行っている。それを見ていると、昔工事現場に立っていた頃のことが懐かしく思い出される。今はとても体力が持たないとも痛感させられつつ。

午後六時に、同じ集合住宅の一階に住んでいる大学生のK君がアルバイトに来てくれて、大きな荷物を仕事場まで一時移動するのを手伝ってもらう。食事や寝るのも、しばらくは仕事場で、となる。

八月某日
梅雨明けしたものの、夏空は見えず、ずっと気温の低い曇り空が続いている。自宅から運んだ荷物があふれている仕事場で、『中上健次全集』の月報の原稿を執筆する。
中上文学ゆかりの紀州熊野を初めて訪れたのは、二〇一三年夏のことで、紀伊長島から見えはじめた熊野灘の海岸線すれすれに走っているときには、二年前の東日本大震災で津波被害に遭った東北地方の太平洋沿岸の鉄道路線のことを想い起こさずにはいられなかった。
紀州は、昭和十九年十二月七日の東南海地震、さらに二年後の昭和二十一年十二月二十一日の昭和南海地震と、立て続けに震災に遭遇した土地でもある。津波にも襲われた東南海地震からの復旧と空襲から逃げまどう日々の中で出会った男に、先夫を亡くした中上健次の母は親切にされ、中上健次を身ごもる事となる。そして、中上健次が生まれた四ヶ月後に昭和南海地震が起こり、新宮の街は大火が発生し、空襲にも焼け残っていた町家や駅裏の新地を焼いた。バラック建ての家々を行商して回る健次の母は、後に健次の義父となる復員兵と出会う。
3・11後に、あらためて中上文学を再読した私は、中上健次はまさしく二つの震災の申し子だったことに気付かされたのである。

八月某日
小雨。スニーカーの修理が済んだとの連絡を受けて、用事で街へ出かけた連れ合いに取りに行ってもらう。すっかり穴がふさがり、綺麗になっていてびっくりする。頼んでよかった。ソールが新しくなると、靴も見違えたようだ。
また、たくさん履いてください、と言われたとのこと。もちろん、そのつもり。靴職人のおねえさん、本当にありがとう。

九月某日
三十六日連続降雨となり、八十三年ぶりに最長記録を更新したという今年の夏は、夏の気分を味わうことがないままに、すっかり秋の佇まいとなったが、ここに来て、ようやく残暑が続いている。洗濯物が乾くようになってありがたい。
自宅の改装工事も無事完了して、寝室で寝泊まりできるようになった。昨日と同じ二十九度くらいとなり、陽差しが強い中、タクシーで仙台文学館のエッセイ講座へ。運転手さんと、ジャズフェスティバルが好天に恵まれてよかった、と話し合う。今日のエッセイの課題は「水」。参考作として、佐多稲子の「水をこぼす楓」というエッセイを紹介する。庭の山もみじが、秋には幹に筋状の水をこぼす、というのである。私は寡聞にして知らなかったが、造園業の家に育ったという受講生の女性が見たことがあると教えてくれた。今年の紅葉が楽しみになった。講師も生徒に教わるのである。

九月某日
秋晴れ。この稿の〆切間際となって、山形や仙台の文章講座で何度か習作を批評したことがある佐藤厚志さんが「新潮」新人賞に決まった、という連絡を受けた。佐藤さんおめでとう。
今年は「仙台短編文学賞」も設けられることとなり、僭越ながら小生が初回の選考委員を務めさせていただく。Ｋａｐｐｏの読者の皆さんもぜひ、ふるってご応募を！

（二〇一七年十月）

48 サフラン摘み

九月某日
晴れて暖かい。掛け布団を干すのを手伝ってから、連れ合いが布団カバーを洗っているのを尻目に仕事場へ向かい、四年前から山形新聞に月に二度、「Nさんの机で」というタイトルで連載しているエッセイの執筆に取りかかる。副題を「ものをめぐる文学的自叙伝」としており、今回は風呂敷を取り上げることにした。

文学賞の選考会に赴くときに、私は、候補作の原稿や本を風呂敷に包むようにしている。精魂込めて書き上げられた作品に対して、送られてきた封筒や裸のままで持ち運ぶのは忍びない、との思いからである。風呂敷は、盛岡を訪れたときに、宮沢賢治の『注文の多い料理店』を発刊したことでも知られる民芸店の光原社でもとめた、芹沢銈介のデザインによる、赤茶色の綿の地に四種類の濃紺の紡錘形の模様が描かれたもの。

風呂敷は完全な正方形ではなく、上下と左右の長さがほんの少し違う。原稿でそのことに触れると、担当のS記者から、〈風呂敷の上下左右の長さが違うとは知りませんでした。記者になりたてのころ、裁判所取材をする機会が多く、その際、検事が書類を必ず風呂敷に包んで持ってきている姿をみて「なぜ鞄ではなく風呂敷なんだろう」と思うと同時に「しぶい」「かっこいい」とあこがれていました。後日、若手の検事と懇談する機会があり、「なぜ風呂敷か」とたずねると「書類の量にかかわらず持ち運べるから、と先輩から教わった」と話していました。そして「包む方が、かばんよりも『中身を大切にしている』という気持ちになる」とも。「弊社の隣が裁判所ですが、眺めていると、最近は風呂敷ではなく、かばんを使う検事も多いようです」との返信メールが届き、なるほどなるほど、と興味深く拝読した。

十月某日

曇り。九時発の新幹線で上京して、竹橋の毎日新聞社へ。今日は、毎日出版文化賞の選考会があり、もちろん風呂敷包みを持参している。

優秀な出版物を対象としており、文学作品だけでなく、人文社会部門、自然科学部門、全集や事典などを対象とした企画部門、話題の本などの特別賞があり、十人ほどの選考委員が一堂に会して円卓会議の趣だ。私が主に担当するのは文学・芸術部門で、林真理子氏、沼野充義氏とともに選考にあたる。

私も推した古処誠二氏の『いくさの底』が受賞作に決まってよかった。古処氏は二〇〇〇年にデビュー以来、一貫して徹底した資料精査によって戦争を描いてきた。戦争を体験していない者に戦争が描けるか、という批判にも耐えて、地道に実作を積み重ねることで、従来の戦記文学とは異なる、戦争体験者ではないからこその冷静な筆致で、戦争をテーマとした物語の領域を切り拓いてきた。『いくさの底』は、そのたゆまぬ努力によってもたらされた貴重な達成だと感じた。

東京駅地下街の焼鳥屋で軽く飲んでから、夕刻の新幹線で帰仙する。帰って来て玄関の扉を開けたら、床と壁が変わっていたので少しびっくりした。改装したことはわかっているのだが、頭の中には、まだ前のイメージが染み付いているのだろう。

十月某日

大年寺山の坂を散歩がてら歩いていると、真っ赤な実を付けたサネカズラの枝葉が道に落ちている。近所の植物に詳しい方に教わって覚えた常緑のつる性の木である。別名ビナンカズラともいい、昔、つるから粘液をとって整髪料に使ったためだとか。〈名にし負はば逢坂山のさねかづら人に知られでくるよしもがな〉（三条右大臣）と百人一首にも詠まれている。

一昨日の強風で落ちたらしい、と思いながら拾って、持ち帰ることにする。自宅に戻ると、今年初めてジョウビタキの声が聞こえた。

十一月某日

同じ集合住宅の庭でサフランを育てているお宅があり、今年も薄紫色の花がたくさん咲いた。毎年咲いているのを見て、クロッカスにも似た花がきれいだな、たぶんサフランだと思うけれど、と連れ合いと話していた。

庭に出ていたご主人に、連れ合いが花のことで話しかけると、やはりサフランで、最初は十株から育てて増えたという。花を少し分けてくれるというので、ありがたくいただくことにする。

花の背が低いから、しゃがんで取らないといけないのでけっこう大変。緑色の葉は、尖った松葉のようで、春までそのままにしておいて、球根に栄養を蓄えておくようにするんです、とご主人が説明し、来春、球根もくれるという。

摘んだ花をよく見てみると、薄紫の花びらと、黄色の雄しべ、赤い雌しべのコントラストがとても鮮やかだ。三本ある雌しべをむしり取って乾燥させると、料理の調味料や着色料として使用する高価なスパイスのサフランとなる。花は、花束のようにしてしばらく飾っていたが、雌しべを摘んだからか、しわしわになってしまった。

サフラン摘み、という言葉を頭にリフレインさせていると、吉岡実に「サフラン摘み」という詩があったことを思い出した。繙《ひもと》いてみると、冒頭には〈クレタの或る王宮の壁に／「サフラン摘み」と／呼ばれる華麗な壁面があるそうだ／そこでは　少年が四つんばいになって／サフランを摘んでいる〉とある。そのことを連れ合いに教えると、四つんばいになって、というところがよくわかる、と頷く。さらにネットの植物図鑑で調べてみると、サフランはクロッカス属で、どうりで似ているわけだ、とさらに納得させられた。

今度パエリアを作るときに、入れてみるのが楽しみだ。

十一月某日

仙台文学館で富岡幸一郎氏と遠藤周作の文学についての対談をする。昼過ぎにタクシーで向かう途中、それまで晴れていた空がにわかに曇り出し、時雨となる。

文芸評論家の富岡氏とはデビュー直後からの知り合いで、もう三十年以上の付き合い。対談の冒頭でも、島田雅彦、山田詠美、中沢けいといった面々と勉強会（実際はその後の飲み会の方が主だったけれども）をしていた頃の話題からとなった。その集まりが途絶えたのは、富岡氏が二十世紀のキリスト教神学に大きな影響を与えたカール・バルトについて学ぶためにドイツに留学したあたりからだったただろうか。

その後三十歳を過ぎてからプロテスタントの洗礼を受けた富岡氏には、遠藤文学の宗教的側面について話していただき、小生はもっぱら第三の新人の中心作家だった遠藤周作について触れることにした。あれは中学のときだっただろうか、姉が通っていた宮城学院大で催された遠藤周作の講演を聴いたのが、私にとって生身の作家に触れた最初だった。意外と背が高く、だみ声で、支倉常長をモデルにした『侍』について話したと記憶している。

対談後、エスパル内の店で軽く打ち上げをした後、そのまま仙台空港へ向かい、名古屋行きの機中の人となる。

（二〇一七年十二月）

49

老舗のいろいろ

十一月某日

晴れ。仕事を早めに切り上げ、バスで街中へ出て壱弐参横丁《いろは》へと足を運ぶ。朝晩はぐっと冷え込むようになり、コートが欠かせなくなった。東京でフリーの週刊誌記者をしているSさんとの待ち合わせで、店に着くとすでにSさんが到着して一杯やっていた。

高校を出て就職先を探しているときに、Sさんには高田馬場にあった「蟠竜社《ばんりゅう》」というフリーのルポライターの共同事務所を紹介してもらった。四人いたメンバーの一人がSさんの弟で、高校の先輩後輩という縁で採用され、採用試験は「一週間以内に何でもいいから原稿を五十本書いてこい」というハードなものだった。社名にとられていた「蟠竜」とは、「地上にわだかまってまだ昇天しない竜」の意味で、腹に一物抱えたメンバーたちが、マンションの一室に集い（同じマンションに、向田邦子が住んでいたこともあった）、雌伏のときを過ごした蟠竜社とは、正に梁山泊《りょうざんぱく》であったと、今にしてつくづくと思う。

四十年前に世話になったお礼を述べると、Sさんは新聞記者だった父親が馴染みにしていたときからの付き合いだという店のご主人に、当方が十八だった初対面のときに一升酒をぺろりと呑んだという話を披露して、恐縮至極となる。壱弐参横丁の前身の中央公設市場は当方が外で飲むことを覚えた場所でもある。

十一月某日

日帰りで上京して、目白の椿山荘で催された毎日出版文化賞の贈賞式に出席する。仙台は晴れていたが、東京はときおり時雨が降った。控え室で、文学・芸術部門の受賞者の古処誠二氏に初対面の挨拶とお祝いを述べる。久留米から上京したという古処氏が緊張した面持ちながら、とても喜んでいる様子なのでよかった。

自然科学部門に選ばれたのは、東北大の千葉聡教授の『歌うカタツムリ』。カタツムリを通して、進化という問題を、研究者たちがまさにカタツムリのようにらせん形を描いて論争を積み重ねてきたさまを魅力的に綴った本であり、門外漢ながらも面白く読んだので、受賞を喜ぶ。

パーティー会場を抜け出して、蟠竜社時代の先輩二人と久闊を叙すべく、東京駅の八重洲地下街の居酒屋へ。およそ十年ぶりとなるが、すぐに仕事の後に誘い誘われて酒を飲んでいた頃のくだけたやりとりとなる。三軒ハシゴをして、最終の東北新幹線で帰仙する。

十二月某日

晴れときどき曇り。『Ｋａｐｐｏ』一月号が届き、晩酌をしながら「百年の老舗」と銘打たれた特集記事を興味深く読む。青果店の「いたがき」が、リンゴの仕入れ、販売から店を広げていったことや、若林城の造成とともに作られた荒町には麹屋が集められたなど、へえそうだったのか、と目を開かされることしきり。ぜひ、この続きも企画してもらいたいものだ。

冒頭の「東洋館」の写真を目にして、いまは亡き元仙台市長の藤井黎氏と、歴史や文化を肴に酒を酌み交わしたことが懐かしく思い出された。当方はともかく、藤井氏の語り口には清談の趣があった。
古井由吉氏の『人生の色気』に収められたインタビューを同館で行ったこともある。歴史が刻まれた和風の建物だけに、古井氏の低音の声が、畳や漆喰壁、障子、板張りの天井などに柔らかく吸収される感があり、自ずと耳を傾けるような心地となったものだった。

十二月某日
晴れて風がなく暖かい。仙台駅前の政岡通りで営業を続けてきたギャラリー「蒼」が今日で営業を終了したので、個展で世話になったクラフト作家たちによる感謝の会が、北目町のビストロで開かれる。染色家の連れ合いが参加し、当方は留守番をしていたが、午後九時半頃に、中締めをして二次会となり、オーナーの森さんも会いたがっている、と電話が入り、喜んでタクシーで馳せ参じる。
一九七二年のオープン以来、四十五年にわたって質の高い工芸や絵画を扱ってきた「蒼」には、小生も見る目を養ってもらったとの思いがあり、名残惜しいかぎりである。仙台では指を真っ先に屈する老舗ギャラリーだった。三十一歳のときに一人で始めたが、終わるときは皆に囲まれて嬉しい。辞めようと思ったときもあるけれど、ここで辞めたらお嬢さん芸だよ、と言われ頑張ろうと思った、という森美枝子さんの話が印象的だった。
ただし、森さんの挑戦はこれで終わるわけではなく、「蒼」で得た経験や人脈を活かして、来年夏を目標に、遠野市で古民家を改造してコンサートやワークショップなどを行うサロン「蒼＆SO」を開く準備を進めているという。新天地での活動がいまから楽しみだ。

十二月某日

晴れ。昨日に続いて自宅の大掃除をしてから、若林の実家での年越しに鳳陽の純米酒を持参する。現存する宮城最古の酒造店だという富谷の内ヶ崎酒造のことを「百年の老舗」の特集で目にして、今年の年末年始はこの酒を酌もうと思い立った。母の実家は、富谷市の隣の大衡村で、新年会などのめでたい席にはこの酒があった記憶がある。

小一時間かけて正月飾りを済ませた後、なめたがれいの煮付けを肴に乾杯する。

一月某日

晴れて、三月上旬並みの気温となる。かき飯を作り、炙りしめさばで晩酌しながらニュースを視ていると、芥川賞に石井遊佳さんと若竹千佐子さんが決まったとの報が流れた。

遠野出身の六十四歳の新人作家である若竹さんの『おらおらでひとりいぐも』は、朝日の書評をするために読んで、「おもしぇがっだな」と脳内で呟きが洩れた作品だった。七十四歳の主人公の桃子さんは、子供を育て上げ、夫は十五年前にあっけなく亡くなり、長く飼っていた犬にも死なれて、完全に独り暮らしとなった。そんな折、桃子さんの脳内に、東北弁で喋る多数の内なる声がジャズのセッションのように湧き上がってくる。

〈おらは人生上の大波をかっ食らったあとの人なのよ。二波三波の波など少しもおっかなぐねんだ〉という声があり、あからさまに触れられてはいないものの、夫の死に加えて、故郷の東北を襲った震災も暗示されていると思われた。哲学者のハイデッガーは、言葉は存在の家である、と考えたが、大震災によって土台から崩壊した存在の家としての言葉を、地割れして露呈した地層の最古層としての東北弁を踏まえることで再建した、と感じ取れた。若竹さん、おめでとう。

候補作には、向山高を卒業した木村紅美さんの作も上っていたが、今回は残念だった。『月食の日』以来注目している作家なので、次作に大いに期待したい。

昨年末に締め切った仙台短編文学賞にも六百篇近い応募作があったと聞いた。現在下読み中とのことで、二月初めに当方に回ってくる最終候補作を一所懸命読ませてもらうつもりだ。

（二〇一八年二月）

50　選考の日々

一月某日
冷え込みの強い朝が続いている。今朝は晴れたが、庭には積雪が残っている。
この数日、咳に悩まされている。五日ほど前に関西への旅から戻ったあたりからで、最初は疲れが出たのだろうと思っていたが、日増しに咳き込みが強くなった。熱は、37℃台を超えないぐらいだったが、連れ合いにも伝染《うつ》ってしまったらしく、今朝になって38℃を超える熱があったので、五橋のクリニックへ行く。関西で猛威をふるっていたインフルエンザが、仙台でも流行しはじめているということで、すぐさま検査となる。二人とも幸い陰性だったが、今年の風邪はしつこい咳が特徴だと知らされる。
夕めしはおかゆにして、小豆と南瓜の煮物、酒は控えて梅酢のお湯割り。食後に焙じ茶を啜った後は、暖かくして寝ているにかぎる。

二月某日
朝は晴れていたが、夕方近くになって雪になった。このところ、文芸誌の連載小説の原稿を夕刻まで執筆した後は、仙台短編文学賞の事務局から十八編送られてきた最終候補作を読むことに忙殺されている。
相撲取りになった息子の取組を見に両親が両国へ旅する話、街中の怪しげな瞑想道場での不思議な体験、認知症患者が投薬を受けて若返るSF風ミステリー……などもあるが、大半はどこかで東日本大震災に触れており、読んでいるこちらもあの日のことを色々と思い出させられ粛然とした心持ちとなる。
集中して二編ほど読んだ後は、鯖の味噌煮、揚げの納豆挟み焼、ニンニクの素揚げなどをつまみに芋焼酎のお湯割りをちびちびやりながら頭をほぐす。先週、喘息の点滴を受けてきてから咳はずいぶんと減った。

二月某日
新聞の書評委員会に出席するために上京している。昨日は、晴れていくぶん暖かいなか自宅を出た。最終候補作も風呂敷包みにして。
今日の夕刻は、私がデビューした今は無き文芸誌の『海燕』の元編集者たちの遅い新年会に飛び入りで参加させてもらう。幹事役のS氏は現在は新潮文庫の編集者をしており、『還れぬ家』『渡良瀬』の文庫化でも世話になった。彼から、書評委員会で上京する折に合わせて開くので、サプライズで顔を出してほしい、と頼まれていた。
新宿の喧噪に満ちた中国料理店に旧知の編集者たち七名ほどが集った本日の主役は、何といっても今期の芥川賞受賞者である若竹千佐子さんと石井遊佳さんを小説講座でともに指導した「海燕」の元編集長根本昌夫氏である。根本氏は、吉本ばななをはじめとする数多くの新人作家を発掘した編集長だった。さっそく、祝意を表し、二人が受賞にいたるまでの話を伺う。特に、『おらおらでひとりいぐも』が、「最愛の人を亡くしてからどう立ち上がっていくかを描いた点で、高齢世代の『キッチン』です」と評していたのに大きく頷かされた。

二月某日
今日も日帰りで上京中。晴れて、新幹線の窓ガラス越しの陽射しが暖かい。数日前に柳美里さんより来信があり、南相馬市小高区の自宅に四月にオープンする予定のブックカフェ「フルハウス」のコーナーに二十冊の選書を依頼された。期日が迫っているが、仙台短編文学賞の選考の渦中なので、それが終わるまで、数日延ばしてもらうように車中からメールすると、折り返し、〈いま、B型インフルエンザで寝込んでいます〉との返信。車中の乗客たちにもマスクが目立ち、本当に今年はA型B型ともに大流行しているようだ。
三作に絞った候補作を往復の新幹線で再々読。

二月某日
ようやく仙台短編文学賞の大賞受賞作を決定し、午後三時半に拙宅へ見えた実行委員会代表の「荒蝦夷」の土方正志氏と事務局長のプレスアートの川元茂氏に伝える。心残りだった作品、震災をテーマにすることの難しさなど、応募作について一時間ほど語り合う。思えば、二〇一〇年秋に、仙台で文学賞を立ち上げられないかという相談を受け、二〇一一年四月に公式発表、第一回の選考委員は小生が、と最終的に打ち合わせをしたのが、三月十日の夜、震災の前日だった。いったん自然消滅しかけたものを立て直して、ようやく第一回目の受賞作を決定するところまで漕ぎ着けた、という感慨もひとしおである。

三月某日

この時季恒例となった西への旅の帰途、今回は仙台短編文学賞の選考も加わって多忙をきわめた我が身をねぎらい、長浜で鴨鍋を食らうことにした。長浜名物の鴨鍋は、天然の真鴨しか使わないので、十一月から三月までしか食べられない。ふつうは二人前からとなるが、さいわい予約した際に一人鍋も出してくれる店が見つかった。

長浜駅の東口は伊吹口ともいい、正面に白牛のように白く輝く伊吹山がでんとそびえている。私は、この鈍重で茫洋とした山容が好きで、東海道新幹線が岐阜羽島を出たあたりから、山なみの間にぬっと見え出すのを心待ちにしているが、麻雀小説の阿佐田哲也としても知られる色川武大は、〈あのずんぐりむっくりの皺々が田んぼから屹立している様子を思いだすと身慄いが出る。気象状況が悪くて全山から蒸気を噴きあげているときは妖婆のようであり、かといって、晴れて澄ましているときは一倍暴力的である〉と『怪しい来客簿』の一編に記していた。

伊吹山を一瞥するや、夕暮れせまる中を何はともあれ鴨鍋の店へと足を急がせる。晴れて暖かい一日だったものの、日が落ちるとさすがに肌寒い。店は奥が座敷になっており、先客はそちらにいるようだが、店の人の手付きを見たり、話も聞きたいので一人カウンターに席を取った。親仁とそれを継いだ息子とが鴨をさばく。天然の真鴨は、くさみもなく、あくも浮かない。二十代の頃、週刊誌記者をしていたときに琵琶湖の取材で味わって以来だから、三十五年ぶりとなるだろうか、ああこの味だった、と懐かしくなる。

近江は仙台藩の一万石の飛地があった所縁《ゆかり》があるので親しみを覚えるのだろうか、などとかんがえながら、これもまた絶品の鮒ずしを肴に酒がすすむ。

三月某日
晴れ。震災から七年目となる今日は、朝から静かに暮らすようにしていた。昼食後、居間のソファで読書をしていると、鐘の音が聞こえ、壁時計を見ると午後二時四十六分。黙祷する。
ふたたび目を開けると、剪定されたばかりの庭の枝垂れ桜の枝先が微かな風にちりちりと震えている。それを見て、〈桜の枯木をつくづく眺めました。何と屈曲した枝の張りなのだろう。（略）たびたびの大風や、あるいはときおりの地震によってひずんだ樹形のつりあいを、枝を複雑に伸ばすことによって、取りもどしてきたものと見える。くりかえされる不均衡の均衡。人間の記憶もそんなものでしょうか。回復と言い復興と言い、傷を負った樹が屈曲しながら、生長していくのに、おそらく変わらない〉と、震災後に交わした往復書簡に先輩作家の古井由吉氏が記していた言葉を思った。

（二〇一八年四月）

51

庄野さん宅でのお昼寝

三月某日

薄曇り。このところ夕めしの後のお茶は、台湾茶を飲んでいる。

工芸家同士の女子旅で初めて台湾に行ってきた連れ合いが土産に買ってきた金萱《キンセン》茶を、お湯の温度を変えたり、器の大きさを変えたり、と試行錯誤して淹れている。台湾茶は発酵の度合いによって、いくつかの種類があり、それぞれに適した湯温や抽出時間が違うとのこと。お茶屋のご主人に教わった煎れ方を、家にある道具で、自己流でいろいろ試してみているのである。

小さな日本茶用の銅の急須で煎れてみたが、香りが飛んでいくようだったので、街でみかけたガラス製の「アジアンティー用」の掌に乗るサイズの急須を購入して茶杯がわりのおちょこで試したところ、まあまあうまくいった。湯温は八十五度。お茶屋の主人が何度も「ハチジュウゴド」と言っていたという。味は、上手に煎れれば苦みも出ず、ふくよかで、甘いミルクや花の香りが立つ。何杯も飲め、三杯目くらいから香りが特に強くなっていく。お茶屋で使っているのを見てもとめたという十センチほどの瓢箪で作った一つ目小僧のような茶漉しを使うと楽しさが倍増する。

三月某日

晴れ。朝九時台の新幹線で上京する。途中、車両故障があり、郡山駅を出たところで立ち往生となる。午後一時に小田急線の生田駅の改札で待ち合わせをしており、遅れてしまうのではないか、といささか焦るが、二十分ほどの遅れで運転再開となり安堵する。

大宮で埼京線に乗り換えて新宿まで。さらに小田急線の急行と各停を乗り継いで、午後一時少し前に生田駅に到着する。今日は、夏葉社の島田潤一郎さん、日本文学研究者の上坪裕介さんと、今は亡き庄野潤三さんのお宅を訪問することになった。ご遺族が、庄野文学ファンのために、年に数日、お宅を開放することを決め、それに合わせて刊行されるブックガイドの序文を依頼されたのである。

生田駅から、晩年の庄野作品でおなじみの散歩コースを二十分ほど歩く。初夏を思わせる天気となり、緩やかな上り坂を行きながら、上着を脱いでシャツの腕をまくる。長女の今村夏子さんが足柄山から駆け付けてくださり、介護のために隣に小体な家を建てて移り住んだ長男の龍也さん夫妻とともに、昼食をいただく。その前に、仏壇の庄野潤三さん、奥様の千壽子さんにお参りをする。庄野さんからは、何度かお葉書を頂戴し、千壽子夫人からは震災時にデニッシュ食パンを差し入れていただいた。パンとチーズ、生ハムのサラダ、お刺身、おそば、お菓子。庄野作品に出てくる山形の酒の「初孫」や、シェリー酒もいただく。庭の椎の木に登って、隣の浄水場の広い敷地を見渡す。咲き残っている桜がちらほら見える。

龍也さんに勧められて、庄野さんがいつも昼寝をしていたというソファで昼寝をする。初めての家で眠れないと思っていたが、家の中をそよ風が通り抜けるのを心地よく感じているうちにうつらうつらしたようで、ぴったり十五分で起きた。不思議な懐かしさに包まれていた感覚がのこった。

四月某日

晴れ。河北新報社別館ホールで行われた仙台短編文学賞の授賞式に赴く。控え室で大賞の受賞者岸ノ里玉夫さん、河北新報社賞の安堂玲さん、プレスアート賞の村上サカナさんに挨拶をする。こぢんまりした授賞式とパーティは、手作り感があり、それぞれの受賞者の挨拶も喜びが表れていてよかった。文芸評論家の池上冬樹さん、在仙の作家仲間で次回の選考委員を務める熊谷達也さんもお祝いに駆け付けてくれ、二次会、三次会とひさしぶりに楽しく酒を重ねつつ、ようやく誕生した仙台の文学賞がこれからも長く続き、新しい書き手が登場することを願う。

四月某日

庭の枝垂れ桜が満開となった。夜桜も愛でたいと思い、戯れにベランダにライトを灯してみる。花に光が当たるようにすると、なかなかいい感じで、枝垂れの房の部分が特に藤の花のよう。日中見るよりも存在感が増して見える。夕めしはバーベキューにして、家の中で花見気分を盛り上げる。

四月某日

晴れて気温が高くなった一日、高速バスで福島へ行く。山は、福島へ近付くにつれて葉の茂りが濃くなっていく。水を入れてある田んぼも見受けられる。山桜が多く、胡桃が少し芽吹いていた。一時間十分ほどで着いた福島駅は三十度近い。バスは時間が合わなかったので、タクシーで文知摺《もじずり》観音まで行く。黄緑色の葉が茂っている阿武隈川の景色がきれいだ。中に人が入れそうな苔むした大きな岩を前にして、これが芭蕉が「おくの細道」で訪れたしのぶもぢ摺りの石か、と見遣った。もぢ摺りとは、模様のある石の上に布をあて、忍ぶ草を摺り込んで緑色に染める古来の技法である。入口で拝観券を売っているおかみさんに、震災後はお客が減り、除染もしたという苦労話を伺う。呼んでもらったタクシーも、その名は文知摺タクシーだった。

五月某日

晴れ。旅に出ている間に、秋保に住んでいる小説講座の文学仲間のTさんから筍が届けられていた。連れ合いは、いつも豆腐をもとめている向山の商店で米ぬかをいただいてきて、アク抜きをして水煮にしておいた。おかみさんに教えられたとおりに、ぬかに水を入れてごしごしして、上澄みの白くなったのを使い、また水を入れてかきまわして上澄みを入れる、の繰り返しをして茹でたら、ちょっと手間がかかったもののうまくいったという。

そこで、さっそく筍ご飯を作ることにする。炊き込みご飯も、もっぱら土鍋でご飯を炊いているる小生の担当である。筍だけではちょっとさっぱりしすぎるので、いつも細かく刻んだ油揚げを足すようにしている。調味出汁で具の筍と油揚げを煮たら、具をいったん取り分けておいて、煮汁で米を炊いている途中、米肌が見えはじめたときに加えるのがコツ。炊き上がって蒸らすときに、庭から摘んできた山椒の若芽を散らす。今年もおいしい筍ご飯にありつけた。実家の母にもお裾分けしよう。Tさんに感謝、である。

五月某日

朝は晴れていたが、昼から曇ってきた連休の最終日、今年も仙台文学館でのエッセイ講座が始まった。第一回の課題は、「私の好きなエッセイ」「私の好きな文章」とした。さすがに本好きな人たちが参加しているようで、気合の入った文章が集まった。

中に、沢村貞子、高峰秀子などの料理の文章に触れた「料る人」というエッセイがあり、「料る」はてっきり「つくるひと」とでも読ませるのかと思いきや、そのまま「りょうる」と読むという。辞書を引いてみると、確かに「料《りょう》る」とあり、料理の動詞化で、食べ物を調理すること。漱石の「永日小品」にも「山鳥を料る時」と出てくると知った。今年も受講生たちに教わることとなりそうだ。

（二〇一八年六月）

52

松島町の謎の塔

五月某日

晴れ。一年で最良の天気のうちの一日、と思えるような爽やかな朝。乾燥していて、陽射しがほどよくあり、風も少しだけある。

八時半に、浴室の換気扇を取り替えてもらう工事店のご主人が若者とやって来る。しばらく前から、換気扇がカタカタという異音を発するようになっていたが、一週間ほど前から、スイッチを入れても、うんともすんとも言わなくなってしまった。この数日、小雨がちな日が続いており、部屋の中がどことなく湿気《しけ》っぽい。昨日などは、朝起きると、寝室のガラス窓に水滴がびっしょり付き、下の窓枠がびしゃびしゃになっていてびっくりした。浴室の換気扇は二十四時間つけっ放しにしていたが、それが停まっているせいだろうか。換気扇のありがたみをつくづく実感。今朝の好天が身に染みるのはそのせいもある。

電気工の若者が、浴室の点検口に身を差し入れるようにして、換気扇を取り替えて配線を済ませ、十時過ぎには工事が完了。換気扇の回る音は前よりも静かになり、心なしか洗面所など、すーっとする気がする。天気がいいので、連れ合いは工事の間に冬の靴を磨き、こちらは、工事に立ち会いつつ、〆切が迫っている、奈良県十津川村の大水害の跡を追った連載小説の「山海記」を居間のソファで書き進めた。

五月某日

晴れ。ホトトギスの「庖丁カケタ」の啼き音で目が覚める。そのまま起きて、「山海記」に取りかかる。

朝食を挟んで昼前に今月分が書き上がり、ささやかに祝杯を上げようと、晩酌の肴をもとめて大年寺山の坂を下りて行くと、赤紫の地に紫の筋がある可憐なニワゼキショウの花の群生を見かけ、二茎だけ摘む。向山の馴染みの魚屋でまぐろの柵をもとめ、何かもうひと品と見回すと、手前のケースには何もない。このところ、おかみさんの腰の具合が悪くて店に顔を出すことがなくなり、親仁さんもどことなく元気がないので気がかりだ。

晩酌は、まぐろの山かけで日本酒を二合。夕めしは、麦ご飯を炊いて、とろろ、きゅうりのぬか漬け、鯖の塩焼き、大根おろし、小松菜と新玉ねぎの味噌汁。食後は、テレビの報道番組を視ながら、いちご、ナッツをつまみ、いつもよりも多くハイボールのグラスを重ねる。

六月某日

晴れ。陽差し強し。午前中は、文庫になる『空にみずうみ』のゲラを集中して読む。巻末の解説は、『工場』『庭』などの作品に親しみを感じている広島在住の作家の小山田浩子さんにお願いすることになり、楽しみだ。

息抜きに、午後二時十分のバスで街へ行き、仙台駅で地下鉄東西線に乗り換えて国際センター前まで。そこから整備された歩道を歩いて博物館へと赴く。木漏れ日が気持ちよく、木漏れ日は侘び寂び同様に、英語に一語で翻訳できない日本語の代表的な例だと知ったことなどを思いつつ。

仙台市博物館で「日本民藝館所蔵品による　手仕事の日本―柳宗悦のまなざし―」展を観る。ポスターに使われていた大黒形自在掛、蝋燭の芯をつまむ鋏、こぎん刺しの下ズボン、蓑、浅川伯教から手土産に贈られて柳が朝鮮の工藝の美に惹かれるきっかけとなった朝鮮の陶器、木喰仏、河井寛次郎のスリップウェアの大皿など……。いくつかは東京の駒場の日本民藝館で目にしているものの、興味深い民藝の品々が目白押しで、よいものは何度観てもよいものだ、という素朴な感想が浮かぶ。先月、『柳宗悦　無対辞の思想』（松竹洸哉著・弦書房）を書評のために読んだことも理解につながった。

館内のレストランでグラスの白ワインを一杯飲んで休んだ後、のんびり歩いてメディアテークへ寄る。

六月某日

雨。月半ばとなり、今月も「山海記」の〆切がやって来た。夕刻前に、文学仲間の秋保のTさん夫婦が見えて、採り立てのウニを届けてくれる。短歌を詠み、エッセイを書かれるご主人のほうは、気仙沼水産（現気仙沼向洋高校）の教師をしていたとのことで、教え子からアワビなどの海産物がいまでも送られて来るという。広口瓶二つに、塩水ウニがびっしり入っている。案じていた近所の魚屋が先月いっぱいで店を閉じてしまい、海の食べ物がもとめにくくなっていたところだったので、ありがたいかぎり。

晩酌は、さっそくウニの味見がてら冷酒を一杯、となる。それから急遽寿し飯を炊いてウニ丼にする。ふつうのご飯の上にものせてみると、こちらも甘味が引き立つようでうまい。

六月某日

曇りのち晴れ。朝早く起きて、朝食までに「山海記」を書き終える。今日はこれから石巻へ行く。九時四十分のバスで出かけるが、バスが故障とのことで、途中の愛宕大橋で待っていた別のバスに乗客全員が乗り換える。この二十年で初めての経験だった。仙台駅前で降りて、駆け足で青葉通エデン前のバス停へと向かうと、ぎりぎりで間に合った。ふう。

途中、松島町を行くと、細い円柱の途中から上がふくらんでいる変わった形の茶色の塔が見える。窯場の煙突のようでもあり、何だろうと思いつつ、スマホで画像検索をしてみて、初原浄水場の給水塔だと判明する。謎の塔として、疑問に思っている人も多いようだ。電気工時代に、ポンプの配線などで給水塔には随分昇ったが、こんな形をしたものは見たことがない。映画の『バグダッドカフェ』に出てきた塔はこんな形だったっけ、と記憶を探る。なぜこんな奇妙な形をしているのか、知っている人がいたらぜひ教えて欲しい。

石巻駅に着いて、カンケイマルラボまで歩く。震災後に出来たこのギャラリーには、連れ合いは工芸家仲間の個展に来て以来二度目で、私は初めて。話しかけられたご主人に、高校の同窓生だと知らされ、高校の時の担任の教師の話などが出ていささかたじろぐ。木工デザイナーの三谷龍二展に出ている木の器は陶磁器のような普段使いの風合いがあって、なかなか独特な味があり、黒漆と白漆のカップ、黒漆の舟形のものをもとめる。仕事場に手作りの精神とぬくみを与えてくれそうだ。

店を出ると、ちょうど昼時だったので、グランドホテル近くの寿司屋へ行く。震災の一年後に貞山運河の取材で石巻を歩いたときに立ち寄り、六年ぶりの再訪となる。ミンククジラの刺身、しゃこ、からしで食べるかつおなど、相変わらずうまい。山椒のきいた大阪風の穴子ずしを土産にしてもらう。

七月某日

雨。所用で出かけていた関西から、やっとの思いで深夜に帰宅する。豪雨の影響で、新大阪発の新幹線の出発が大幅に遅れ、ようやく乗れて座れた各駅停車のこだまは、通路まで立っている乗客がぎっしりだった。

広島や京都での土砂崩れや河川の氾濫のニュースがスマホに次々と入ってくる。「山海記」を書いていても思うことだが、どこに住んでいようとも、災厄を覚悟しなければならない時代を生きていることを改めて痛感させられながら、今回の豪雨の被災地に住んでいる知人たちの安否が気にかかる。

（二〇一八年八月）

〈著者プロフィール〉
佐伯一麦（さえきかずみ）　1959（昭和34）年、宮城県生まれ。仙台市在住。『ショート・サーキット』（90年）で野間文芸新人賞、『ア・ルース・ボーイ』（91年）で三島由紀夫賞、『遠き山に日は落ちて』（97年）で木山捷平文学賞、『鉄塔家族』（04年）で大佛次郎賞、『ノルゲ Norge』（07年）で野間文芸賞、『還れぬ家』（13年）で毎日芸術賞、『渡良瀬』（13年）で伊藤整文学賞を受賞。近刊に『麦主義者の小説論』（岩波書店）、『月を見あげて　第3集』（河北新報出版センター）、『空にみずうみ』（中央公論新社）がある。

本書は『Kappo 仙台闊歩』で連載中のエッセイ「杜の日記帖　闊歩する日々」の2010年3月号（vol.44）から2018年9月号（vol.95）までを収録したものです。

麦の日記帖　震災のあとさき 2010▶2018

2018年11月17日第1刷発行

著　　者　佐伯一麦

発 行 人　今野勝彦
編 集 人　川元 茂

発　　行　株式会社プレスアート
〒984-8516　宮城県仙台市若林区土樋103番地
電話　（代　表）022-266-0911
（編集部）022-266-0912
FAX　022-266-0913
kappo@pressart.co.jp
https://www.pressart.co.jp/
http://kappo.machico.mu/

装　　丁　松下洋一（sclutch）
DTP&印刷　株式会社ユーメディア

　ISBN978-4-9908190-1-9　C0095